JE T'ENVERRAI DES FLEURS DE DAMAS

DU MÊME AUTEUR
CHEZ LE MÊME ÉDITEUR

La Remplaçante, 1996.
Rue Josaphat, 1999.
Ado blues, 2002.
Monsieur Bonheur, 2003.
Vidéo Poisse, 2007.
Le Coupable rêvé, avec André-Paul Duchâteau, 2007.
Tabou, 2008.
Journal de Jamila, 2008.
L'amour à boire, 2008.
Aurore barbare, 2008.
Rose bonbon, Noir goudron, 2009.
Rose afghane, 2012.
La Forêt plénitude, 2013.
Le Stylo, 2014.
Voleur de vies, 2015.
Un sale livre, 2016.
La Miss, avec André-Paul Duchâteau, 2018.
Double vengeance, 2019.
Meurtre à la bibliothèque, 2020.

Cinquième édition, février 2020

Rue de l'Ouvrage, 18
B-5000 Namur
www.mijade.be

Couverture : Photo Oleg Zabielin – Shutterstock
Mise au net Annick Masson
D/2014/3712/40
ISBN 978-2-87423-099-8

Imprimé en Belgique

FRANK ANDRIAT

JE T'ENVERRAI DES FLEURS DE DAMAS

Roman

Mijade

Même si elle s'inspire de faits réels, cette histoire appartient à la fiction ainsi que tous les personnages que le lecteur pourra y rencontrer.

Pour celles et ceux qui,
d'une façon ou d'une autre,
ont vécu le départ de leur enfant,
de leur ami, pour un pays en guerre.

Pour les adolescents
victimes de manipulations.

Pour Amina et Abdelali
qui ont relu mon manuscrit
et qui m'ont fait le bonheur
de précieuses remarques.

Elle se baisse encore pour chuchoter : « Au nom d'Allah, fais-moi signe pour me dire que tu sens ma main, que tu vis, que tu reviens à moi, à nous ! Juste un signe, un petit signe pour me donner de la force, de la foi. »

Atiq Rahimi, *Syngué sabour.*

> La tolérance, quelle tolérance ? Celui qui croit est entier dans ses convictions et il n'a de cesse de convaincre les autres, de les convertir.
>
> Journal de Youssef

Cher Professeur,

Vous le savez, je vais mal. La gorge serrée, le ventre noué. Ça fait des jours que je ne dors presque plus. Depuis que Wassim est parti, depuis qu'il a déchiré ma vie. Je n'ai pas à vous raconter cela. Vous êtes au courant comme nous tous et peut-être que vous aussi vous avez pleuré. En fait, je vous imagine mal en train de verser des larmes ! Vous avez toujours l'air si zen avec votre sourire aux étoiles, comme si les malheurs de la vie ne vous concernaient pas.

J'ai besoin de vous. Je n'en peux plus. Personne à qui me confier. Je ne peux pas ennuyer mes parents avec ça. Pour eux, Wassim est un con et un voyou. Mon père m'a lancé hier après que je lui ai répondu pourquoi je tirais la tête : « Qu'il aille crever là-bas, ce terroriste ! » Wassim a quinze ans, putain ! Et c'est mon meilleur ami ! J'ai eu envie de sauter au visage de mon père, mais ça aurait servi à quoi ? D'autant plus que ma mère, de l'autre bout de la pièce, a lancé : « Ton père a raison, Myriam ! Ce garçon n'est pas une bonne fréquentation. »

Chez moi, donc, le débat est clos. Je ne peux parler à personne. Kawtar, ma grande sœur ne comprendrait pas davantage, elle qui déteste les barbus et les islamistes. Et, au collège, les autres me disent que je la ramène trop. Wassim était mon seul vrai confident et, soudain, il n'est plus là.

Pourquoi vous ? À cause de votre gentillesse, de cette manière que vous avez sans cesse de nous mettre tous en valeur le mieux possible. Je trouve ça dingue ! Vous ne détestez vraiment personne ? Pour peu, – certains le disent – on affirmerait que vous faites partie de l'univers des Bisounours.

Vous nous avez dit que si nous voulions vous parler, vous étiez à notre écoute. J'ai préféré vous écrire parce que j'aime ça. Les lettres permettent de conserver les mots exacts et elles offrent de réfléchir. Si vous avez cinq minutes (ou plus !), pouvez-vous me les consacrer ?

Merci. À vous,

Myriam

***

La nouvelle a fait l'effet d'une bombe. Durant les vacances de printemps, Wassim et

Othmane sont partis en Syrie. Pour combattre le tyran, pour libérer le pays des mains de son président sanguinaire. Ils ont quinze ans et ils n'ont jamais tenu une arme en mains. Sauf, peut-être un revolver en plastique ou une grenade en chocolat.

Nous sommes tous restés cois. Ils étaient dans la classe avec nous, ils blaguaient, ils charriaient gentiment les profs. Nous les voyions, nous les sentions. Il n'était pas concevable qu'ils fussent là-bas, à l'autre bout du monde, dans un pays en guerre. Retour de vacances comme une baffe dans la gueule. Ce que certains redoutaient, parce qu'ils ne réussissaient plus à les joindre sur leur portable, était donc vrai. Confirmé par les profs et par le directeur qui était passé dans la classe à dix heures du matin. « Vos amis ont choisi d'aller combattre en Syrie. J'ai rencontré les mamans, ce matin. Si vous avez besoin de parler, n'hésitez pas à aller vers vos professeurs. » Il paraissait encore plus déprimé que d'habitude. Cet homme a définitivement l'air triste, mais, là, c'était le pompon. Normal après avoir rencontré les deux mères effondrées.

Aucun prof n'a tenté de donner cours. Ils étaient aussi KO que nous, ils tentaient de comprendre. Comment nos deux potes avaient-ils pu quitter le pays sans se faire piquer par la police ? Pourquoi étaient-ils partis là-bas ? Qui leur avait fourré cette idée dans la tête ? C'était la foire aux questions, mais personne n'avait la moindre réponse.

Le plus choquant pour nous, c'est que ni l'un ni l'autre ne nous ait parlé de quoi que ce soit. Ils ont filé à l'anglaise comme si, nous, leurs potes, nous étions des malpropres ! Bonnes vacances et hasta la vista, baby ! Chacun a sorti tout ce qu'il savait sur eux et nous avons remarqué quelques détails qui nous avaient échappé. À Johnny, Wassim a lâché un « Moi, je vais me faire bronzer sur les plages en Syrie. Et toi ? » Johnny avait répondu « Et moi sur les plages en Australie, couillon ! » Wassim avait ri et lui avait tapé dans la main. Johnny avait cru qu'il blaguait et tout le monde aurait pensé pareil surtout que Wassim, c'est le roi de la feinte. A posteriori, chacun a pris conscience des petits messages subliminaux que Wassim avait envoyés, car, du côté d'Othmane, taiseux et secret, rien n'avait filtré.

Myriam s'est effondrée en larmes. Quand elle a réussi à se calmer, elle nous a dit que Wassim lui avait lancé un « Bonnes vacances. Adieu ! » Il n'avait pas dit « Au revoir » ou « On se téléphone. » Il avait utilisé le mot adieu et, elle, « souriante comme une conne » (c'est l'expression qu'elle a utilisée) avait répondu « Adieu » en éclatant de rire, persuadée qu'il l'appellerait le soir ou qu'ils se retrouveraient sur *Facebook* quelques heures plus tard.

La prof de géographie a pleuré avec nous, complètement crashée par la nouvelle. Notre prof d'histoire avait les yeux vides, comme s'il avait perdu l'horizon. Ce monsieur merveilleux, d'origine tunisienne, devait en prendre plein la figure. C'était trop dur, vraiment, et chacun tentait de résister le moins mal possible. Même Bébé Cougnou, notre prof de français qui voit toujours la vie en beau, avait l'air triste. C'est tout dire !

***

Je n'ai pas pu dormir cette nuit-là. Leurs deux visages me tournaient dans la tête et je cherchais vainement à y déceler un signe, un appel. Comment personne n'avait-il rien vu venir ? Deux gosses tranquilles, des ados tout ce qu'il y a de plus normal. Qu'a-t-il pu se passer dans leur tête pour qu'ils décident soudainement de basculer dans la guerre ? Ils avaient tout. Des parents travailleurs, des copains, un équilibre. Ils réussissaient correctement leurs études. Rien donc pour les placer en marge, pour leur donner la rage et une envie de rejeter notre société.

Iphone, Ipad et j'en passe. Des ados d'ici, bien intégrés et qui auraient pu trouver sans trop de difficultés une place dans notre société.

Partir combattre celui que mes élèves surnomment « Barbare al-Assad » ! Comme si, à quinze ans, leur place était là ! Nous avons eu un débat au cours sur le sujet et ils ne sont pas intervenus. Même pas Wassim pourtant grande gueule qui d'habitude a une opinion sur tout. Ils devaient déjà savoir qu'ils iraient là-bas et ils l'ont caché à tout le monde. Johnny est effondré : il est le meilleur ami de Wassim et il n'a rien vu venir. Il s'est écroulé en classe : « Il m'a rien dit, M'sieur, nada ! Je croyais que nous n'avions aucun secret l'un pour l'autre. »

Je m'en veux aussi beaucoup de n'avoir rien remarqué. Aujourd'hui, lorsque je pense à certains détails, cette conférence sur Malcom X, cette remarque sur l'islam véritable, cette fois où Wassim m'a déclaré qu'il se laisserait bien pousser la barbe, je me dis que j'aurais dû pressentir leur départ. Mais, comme l'a affirmé Virginie, personne, vraiment personne n'aurait pu songer qu'ils iraient aussi loin. Ça faisait partie de l'ordre de l'inimaginable, un peu comme l'attentat contre les deux tours jumelles le 11 septembre 2001 ! Quant à Othmane, il n'y avait en lui rien à deviner : un garçon secret, discret, toujours en retrait. Lui en Syrie ! C'est un peu comme si on invitait un mouton à l'Aït !

Myriam m'a écrit une longue lettre et je suis profondément touché par la confiance qu'elle m'accorde. Une jeune fille intelligente et sensible. Forte et fragile. Un caractère fougueux qui n'a pas peur d'affronter l'orage. Pourquoi va-t-elle aussi mal ? Wassim et Othmane étaient-ils si importants pour elle ? Un prof n'est jamais au courant des relations secrètes qui se créent entre élèves. Nous sommes devant eux, nous tentons de leur transmettre notre passion et nos savoirs, mais, au final, malgré des échanges variés et francs, nous ne les connaissons pas. Ou si peu. Nous sommes de l'autre côté de la barrière, pas des ennemis, mais un petit peu parfois. Ils vivent leur vie sans que nous en sachions rien et nous vivons la nôtre de la même manière, mais, dans des situations comme celle-ci, nous aimerions chacun en connaître plus sur l'autre. Pour nous soutenir, pour nous aider.

Il règne dans le collège une atmosphère particulière. Nous nous serrons les coudes : profs, élèves, direction. Nous avons besoin les uns des autres. Certaines frontières ados-adultes semblent être tombées. L'émotion circule, parfois à gros bouillon. Cela s'est fait spontanément. Dans les situations les plus difficiles, l'humain prend le pas sur le reste et c'est bien !

Le vrai croyant n'est pas un tiède. Il exècre ceux qui ne sont pas prêts à donner leur vie pour leur Dieu.

Journal de Youssef

Cher Professeur,

Cette lettre-ci, je ne vous l'enverrai pas, mais j'ai besoin de vous écrire. Pour mettre les choses au clair dans ma tête chamboulée, pour me calmer, pour tenter de comprendre. Vous m'avez parlé et j'en suis émue. Vous m'avez écoutée sans m'interrompre, un peu comme si j'étais une amie et vous ne pouvez pas savoir le bien que ça m'a fait. Et puis, j'ai manqué le cours de physique grâce à vous ! Avec l'autorisation du directeur. J'essaie de sourire malgré tout ! Merci vraiment pour ce temps accordé, pour les mots justes que vous avez trouvés pour répondre à mes questions, pour ce partage qui m'offre de réfléchir, mais, vous le savez, l'émotion est là, énorme, comme un tsunami et elle prend toute la place.

Ça fait trois jours que je ne dors presque plus. Je n'arrive plus à suivre les cours, à me concentrer, à trouver de l'intérêt pour mes études et pour mes petits malheurs de merde alors qu'eux sont là-bas !

Mes deux amis, mes frères ! Ils risquent leur vie et, dans la classe, des filles font un drame parce qu'elles se cassent un ongle ou que l'éducatrice leur a adressé une remarque sur leur jupe trop courte. Quelles connes ! J'aimerais leur cracher ma rage au visage, leur hurler WASSIM ET OTHMANE VONT CREVER EN SYRIE et vous pétez un câble parce que votre petite vie ne vous satisfait pas. Pauvres cruches, oui !

Mon cher Professeur, je sais que vous n'aimez pas que je sois vulgaire, mais ça me prend le ventre, je n'y peux rien, je suis comme ça, entière. J'explose devant ces jeunes qui ont tout et qui ne se préoccupent pas de ce qui se déroule dans le monde, comme si seule leur existence avait de l'importance et que ce qui ne les touche pas avait autant de valeur qu'une crotte.

Wassim et Othmane se sont engagés, eux ! Ils ont des valeurs. Ils veulent sauver un pays en plein chaos, lui rendre sa liberté. Comme l'a dit Samia (au moins, elle, elle a une opinion !), c'est admirable. Vous nous avez parlé de Malraux qui est parti combattre pour la République espagnole en 1936, pour la défendre contre Franco et les fascistes. Wassim et Othmane ne font-ils pas la même chose ? Ils sont prêts à donner leur vie pour la liberté, pas comme cette pétasse de Julie qui se plaint parce que ses mèches ne sont pas assez blondes ! Aarrrrgh !

J'ai relu le poème Liberté *d'Éluard. C'était chouette de nous faire découvrir un tel texte. Il a dû faire vibrer Wassim et Othmane quand nous l'avons étudié en classe. Eux aussi doivent écrire le mot* Liberté *partout où ils passent. Je sais que vous n'êtes pas d'accord avec moi, mais tant pis ! Selon vous, on ne s'engage pas pour la liberté quand on est encore un enfant, quand on a une famille. Quelque part, vous avez raison et quelque part, je les comprends. Si l'on écoute ce que nous impose notre famille, on ne fait jamais rien.*

J'ai la tête comme une éponge. Douleur. Je suis crevée. Je voudrais tant dormir un peu mieux, mais je ne réussis pas à trouver le sommeil et, quand j'y arrive, ce n'est jamais pour longtemps : leurs visages surgissent, me réveillent, m'angoissent. Je voudrais tant que Wassim soit près de moi.

Myriam

***

Nous avons le sentiment de vivre dans un rêve. Deux d'entre nous ont disparu et le monde s'est écroulé. Pour nous consoler peut-être, le prof de maths nous a dit que, dans la vie, on regarde toujours ce qui nous manque, plus que ce que nous avons. Le philosophe ! Il a raison. Chers Wassim et Othmane, vous n'êtes plus là et notre classe est dépeuplée.

Nous sommes cependant encore vingt-quatre, mais, à chaque cours, nous regardons leurs places vides : personne ne va s'asseoir où ils ne sont plus. Une espèce de superstition : si l'on reprend leur place, c'est qu'ils ne sont plus là et s'ils ne reviennent plus… c'est qu'ils sont morts là-bas.

C'est la crainte ultime de chacun de nous. L'équation est simple : Syrie = mourir. Nous ne pouvons donc plus penser à eux sans songer à leur mort et c'est insupportable. Chacun alimente ses fantasmes dans son coin et, quand nous réussissons à changer de sujet, ce sont les profs qui nous en parlent. Sans compter les médias ! Quelle horreur ! Avant Wassim et Othmane, nous étions plusieurs à rêver d'un jour passer à la télé, mais, aujourd'hui, ça nous dégoûte. Dès que la nouvelle du départ en Syrie de nos deux amis s'est répandue, les journalistes se sont agglutinés aux portes du collège comme des mouches autour d'une merde bien fraîche. Ils voulaient tout savoir sur les deux « terroristes » ! C'est pas possible comme ces gens sont nuls ! Wassim et Othmane ne sont pas des tueurs, ce sont nos potes et nous ne comprenons pas ce qui leur est passé par la tête. Mais les autres, là, avec leurs caméras et leurs petits carnets, ils veulent nous faire dire ce qui n'existe pas. C'est illégal. Les professeurs nous l'ont rappelé ; ils n'ont pas le droit de filmer des mineurs sans le consentement de leurs parents, mais ils semblent n'en avoir cure. Nous en avons retrouvé dans la cour de récré, caméra sur l'épaule et ça a mis Lorena en rage : elle a couru vers le groupe de journalistes, les a incendiés comme seule elle peut le faire et leur a montré le chemin de la sortie. Les deux mecs et la femme sont partis, penauds, les yeux entre les jambes. Merci, Lorena ! Ils ont dû sentir que s'ils n'obtempéraient pas, c'est tout notre groupe qu'ils allaient se ramasser sur le râble.

Néanmoins, c'est fou. Notre collège est devenu la cible de tous les médias. Super coup de pub ! Le directeur doit être heureux. On résume son école, notre école, à un repaire de candidats kamikazes, ceci sans rien savoir d'eux. Des rumeurs, du grand n'importe quoi que les gens reçoivent préemballé sur leurs petits écrans et dans leur journal préféré. Ça doit être chaud pour passer ! Les journalistes qui nous accostent veulent tout savoir sur nos deux potes : tenaient-ils des propos extrémistes, ont-ils tenté d'entraîner d'autres élèves dans leur délire, nous doutions-nous de quoi que ce soit ? Nada. Nous n'avons rien à déclarer, mesdames et messieurs les journalistes. Merde !

Le prof de français nous a dit qu'au moins ça nous apprenait à nous méfier de l'info et que nous ne devions pas prendre pour vérité tout ce qui s'y trouvait. Sacré Bébé Cougnou ! Même dans les moments difficiles, il réussit à établir le lien avec son cours. Il a raison : ces événements nous donnent de voir le vrai visage des médias. L'important, c'est le scoop, la provoc, pas l'information analysée en profondeur et avec intelligence. Wassim et Othmane, djihadistes ! Si de telles conneries ne nous faisaient pas pleurer, elles nous feraient péter de rire.

***

J'ai discuté pendant plus d'une heure avec Myriam. Je suis bouleversé par la confiance qu'elle m'accorde. Othmane, elle le connaît mal et elle m'a dit avoir peu de contacts avec lui, mais son Wassim, elle l'aime à la folie ! Myriam m'a surpris en me décrivant les liens qui l'unissent à Wassim. Pas une amourette, mais une amitié profonde qui pourrait se transformer en amour. Il est son confident, son repère, son roc lorsqu'elle va mal. Et ce garçon en qui elle plaçait toute sa confiance est parti en Syrie sans lui dire au revoir !

Rupture, déchirure. Elle ne réussit pas à admettre cela. S'il le lui avait avoué, qu'aurait-elle répondu ? Elle aurait tout mis en œuvre pour l'empêcher de commettre pareille connerie, bien entendu. Je lui ai dit qu'il devait s'en douter, que partir lui aurait été impossible s'il lui en avait parlé. Elle a haussé les épaules, a admis que j'avais raison. Des larmes amères perlaient dans ses grands yeux marron. Quelle force, quelle fierté ! J'aimerais avoir une fille comme elle : à quinze ans, elle a une étonnante maturité, une justesse rare. Myriam, la forte en gueule, est cependant très fragile et je suis très honoré qu'elle m'ait montré cette facette de sa personne. « Si je n'étais pas aussi sensible, je me ferais moins remarquer ! Je me mets en avant pour que les autres me croient forte. Ainsi, ils gardent une distance. »

Je me demande si j'aurais été capable d'une telle réflexion à son âge. Je me souviens de moi comme d'un gentil petit couillon qui n'avait d'autre but que de bien réussir à l'école. C'est sans doute pour cela que je suis devenu prof. J'aime bien étudier, mais je n'ai pas beaucoup d'envergure.

Wassim et Othmane m'interpellent drôlement. Leur acte est fou, mais il est la preuve d'un certain courage. S'engager, oser franchir le cap, c'est une belle marque de caractère mais, à quinze ans, c'est du délire ! Que leur a-t-on fait entrer dans la tête pour les amener à cela ? Comment a-t-on pu réussir à les retourner ainsi ? Ni l'un ni l'autre ne font partie d'une famille intégriste. Des parents ouverts aux autres, à toutes les cultures, un islam de tolérance et de paix. J'imagine mal l'état de leurs parents. Eux non plus n'ont sans doute rien vu venir.

Les journalistes qui tournent autour de l'école comme des vautours veulent tout savoir à leur propos, mais nous n'avons définitivement rien à leur apprendre. Je savais la presse rapace, mais à ce point ! Il faut du sensationnel ! Ça leur ferait tellement plaisir d'apprendre que nos deux élèves se baladaient dans les couloirs avec une ceinture d'explosifs ! Myriam est aussi révoltée que nous tous.

« C'est mon ami, vous comprenez, c'est un gars bien ! Pourquoi ces gens qui ne le connaissent pas répandent n'importe quelle rumeur à son propos ? » Un ami journaliste m'a dit qu'il devait faire son boulot d'information. Je lui ai répondu que ce n'était pas de l'info, mais de l'intox. Il m'a quitté, fâché.

Les femmes sont faites pour l'homme et l'homme est fait pour la guerre. Celui qui ne risque pas sa vie la perd.

Journal de Youssef

Cher Professeur,

Wassim m'a téléphoné ! Il est vivant ! Mon portable a sonné à cinq heures du matin et m'a sortie d'un cauchemar. Nous n'avons pas pu parler longuement. Je ne trouvais pas mes mots, trop heureuse de l'entendre. J'avais la voix coupée et une envie de sauter en l'air. Il m'a donné l'impression de bien se porter. Son ton joyeux, un peu comme s'il était en vacances et qu'il m'appelait de la plage où il était en train de bronzer.

« Salut, c'est moi. Tu vas bien ? C'est cool, ici. Il fait chaud. Plein soleil toute la journée. Je suis dans un camp d'entraînement, j'ai même des cours. Tout est tranquille. On ne dirait pas que c'est la guerre. Je suis en sécurité. Ne t'inquiète pas. Au collège, c'est la fête ? »

Pendant qu'il parlait comme un gai pinson, une colère est montée de mon ventre. J'avais soudain envie de lui hurler qu'il n'était qu'un gros con, que sa famille crevait depuis son départ, les cheveux gris de son père et les yeux pochés de sa mère, sans compter son petit frère et sa sœur. Et moi ? Tu penses que je me marre de te savoir là-bas ? Et Johnny, ton pote de toujours, depuis les maternelles, qui ne peut pas s'empêcher de pleurer dès qu'on cite ton nom ? Et les profs ? Les mots venaient comme des sabres et me coupaient le cœur, mais impossible d'en sortir un seul. Ma colère était noyée sous cette constatation immense : il est vivant, il est vivant et c'est bien sa voix que j'entends.

Je buvais ses mots comme une assoiffée qui vient de tomber sur une oasis après une longue traversée de désert. Je m'empiffrais, m'engloutissais. C'était lui, mon Wassim et ce n'est qu'après, quand il a eu raccroché (« Excuse-moi, je ne peux pas parler longtemps, ça coûte un max et ma mère risque de couper mon abonnement ! »), que je me suis mise à faire défiler en boucle les phrases qu'il m'avait dites. Derrière le Wassim marrant, il y en avait un autre que je ne reconnaissais pas et qui m'avait servi un ramassis de conneries. Morceaux choisis : « Nous allons vaincre le tyran et libérer ce pays. Les vrais musulmans le gouverneront enfin et, si je meurs au combat, j'irai au paradis d'Allah et j'y gagnerai une place pour les miens en tant que martyr. Tu verras, d'ici quelques semaines, je t'enverrai des fleurs de Damas. »

Cette dernière phrase m'a tuée. À part ses yeux doux et ses paroles comme du miel, Wassim ne m'a jamais rien offert et il songeait à moi, à m'envoyer des fleurs à moi dès qu'avec les siens, il aurait conquis la capitale de la Syrie ! C'était trop. De la conversation, c'est cette phrase-là qui est restée : « Je t'enverrai des fleurs de Damas. » J'avais tellement envie d'y croire.

Cher Professeur, vous devez me prendre pour une folle. J'aurais dû lui crier « Reviens, tu fais crever les tiens, reviens, tu vas te faire tuer ! » Mais non, je l'ai écouté comme une idiote et je n'ai rien trouvé à lui répondre si ce n'est ces quelques mots : « Oui, je vais bien, merci ! » Quelle conne ! Mais j'étais si HEUREUSE de l'entendre. Il est vivant. VIVANT !

Myriam

***

Les flics mènent leur enquête. Ils ont interrogé plusieurs d'entre nous. Ils essaient d'établir des liens, de recouper des messages et veulent savoir si, avant de partir, Wassim et Othmane n'ont pas lâché d'infos. Leur compte *Facebook* a dû être étudié à la loupe ! Qui sont les gens derrière tous ces départs d'adolescents vers un pays en guerre ? C'est la question qui les turlupine. Pour empêcher d'autres départs, pour éviter l'épidémie. Nous n'en savons guère plus qu'eux. Wassim et Othmane n'étaient pas des fanatiques de la religion et ils vivaient comme nous, riaient, se marraient, draguaient et, lors des fêtes, n'hésitaient pas à boire un coup. Des ados comme tous qui auraient soudain retourné leur veste et qui seraient devenus des fans d'un islam intolérant et sectaire.

C'est donc la question de tous : où ont-ils pu entendre ce type de discours ? Pas dans leurs familles en tout cas. Pas au collège où tout le monde se mélange sans accroc. Les flics ont parlé d'une association caritative aux actions de laquelle Wassim aurait participé pendant l'hiver. Des gens qui distribuent des repas aux pauvres les jours de grand froid. Des musulmans « très croyants » qui réduisent l'islam à une vision simpliste et radicale. On a retrouvé des vidéos de Wassim avec eux sur Youtube. Wassim, rigolard, entouré de barbus derrière une grande casserole de soupe. Ça nous a fait bizarre de voir cela. Wassim ne nous avait jamais parlé de ces gens-là ; il avait juste raconté à Johnny qu'il aidait les malheureux durant les week-ends. Nous avons l'impression que notre ami, que nous croyions connaître, menait une double vie. Comment ses parents ne se sont-ils rendu compte de rien ?

Wassim a dû leur raconter des bobards. Sa mère et son père sont divorcés et il a pu jouer là-dessus. Facile de dire « Je vais chez mon père » et d'aller retrouver ses amis barbus sans que sa mère se doute de rien. Et Othmane, comment a-t-il fait ? Nous en connaissons beaucoup moins sur lui. Wassim et lui étaient souvent ensemble ces dernières semaines, mais aucune apparition d'Othmane sur les vidéos. Peut-être qu'ils se retrouvaient après les cours... Nous en sommes tous à accumuler les suppositions, mais les flics semblent progresser dans leur enquête.

Le directeur est passé dans la classe pendant le cours d'anglais : il avait son air stressé des mauvais jours. Il doit vivre une situation particulière : deux élèves disparaissent et il est pris entre les parents à ménager, les copains et les profs perdus et les journalistes qui le harcèlent. Pas étonnant qu'il perde ses derniers cheveux et qu'il prenne de nouvelles rides ! Il nous a demandé de fournir toutes les infos que nous pourrions avoir sur nos amis. Le moindre détail permettrait de les repérer. Il paraît qu'ils ont appelé leurs parents et certains d'entre nous. Le directeur s'est tourné vers Johnny et a demandé « Aucune nouvelle ? » Johnny avait les larmes aux yeux en faisant un geste de dénégation. Il doit se demander pourquoi Wassim ne l'appelle pas. Ils étaient comme des frères. Myriam a levé le doigt et a posé la question qui tue : « Pourquoi ne réussit-on pas à les récupérer ? Quand ils communiquent avec leur portable, on peut repérer l'antenne d'où part l'appel et donc savoir où ils sont. » Le directeur lui a répondu que la Syrie était un pays au bord du chaos. « On ne peut pas exfiltrer quelqu'un de là-bas aussi facilement que ça. » Il parlait comme un agent de la CIA ! L'armée française et l'armée turque ne vont quand même pas risquer des hommes pour sauver deux jeunes couillons ! Le message aurait été plus clair s'il nous l'avait servi de cette manière !

***

Myriam souriait aujourd'hui. Elle semblait plus détendue. À la fin du cours, elle est venue me trouver et m'a soufflé dans un sourire : « Vous savez, Wassim est vivant, il m'a appelée, ce matin, à cinq heures ! » Ensuite, elle a filé rejoindre les autres qui, d'après ce que j'avais entendu, avaient un contrôle en mathématiques.

C'est étrange, la vie continue. Ça fait plus d'une semaine que nous sommes rentrés de vacances et que nous avons appris la funeste nouvelle. Mais l'école doit tourner, les examens ont lieu dans moins de deux mois, il faut reprendre notre route même si deux d'entre nous l'ont quittée. Je ne réussis plus vraiment à donner cours. Surtout en français ! Chaque étude de texte devient le prétexte à des questions sur l'engagement, sur l'embrigadement, sur la guerre. Avant le départ de Wassim et d'Othmane, la plupart de ces élèves ne savaient même pas ce qui se déroulait en Syrie, l'ampleur du drame vécu par la population. C'était une guerre de plus dont on parlait au journal télévisé, au moment du dîner, en annonçant que certaines images pourraient choquer. Suivaient des cadavres dans des ruines bombardées et des femmes en larmes et des hommes appelant au djihad. « Allah akbar, Allah akbar ! » comme complainte virile entre les détonations et les explosions. Tout à coup, cette guerre étrangère et anonyme est entrée dans leur cœur et dans leur famille.

Ils veulent tous savoir où se trouvent Alep, Homs, Damas, qui est « Barbare al-Assad », comme ils le nomment, qui sont les rebelles, ce qu'est une dictature et qui a raison. Pour eux, pas de doute, ce sont les rebelles, car l'autre étouffe son pays en lui refusant le chemin de la démocratie. Youssef a dit : « Tous les musulmans devraient se battre là-bas pour couper la tête à ce tyran. » Myriam, qui saisit toujours la balle au bond, a rétorqué qu'al-Assad était musulman aussi et qu'elle trouvait cette guerre absurde. Youssef lui a répondu que c'était un infidèle, car perverti par l'Occident et ses fausses valeurs. En voilà un qui se révélait. Un adolescent renfermé, installé souvent seul, au premier banc. Silencieux, travailleur... Sa remarque m'a fait froid dans le dos. Ne profite-t-il pas des valeurs de l'Occident qu'il semble soudain honnir ? Swatch au poignet et Ipod dans les oreilles. Sans compter le polo Benetton et la casquette Nike qu'il a toujours sur le crâne dès qu'il sort.

Le débat s'est arrêté là, car il a sonné. Ça m'a permis de ne pas prendre parti et j'avoue que je me suis senti un peu lâche. Le départ de Wassim et d'Othmane réveille des monstres endormis. La guerre est devenue réelle, comme si la Syrie s'était importée dans les murs du collège.

La classe que j'ai récupérée ensuite m'a distrait de ces problèmes. Des plus jeunes que la Syrie ne préoccupait pas. Ce qui les bottait, c'était la cinéaste qu'ils allaient rencontrer le lendemain. Nous avions vu et analysé certains de ses courts métrages et ils rêvaient de rencontrer une personne qu'ils considéraient comme célèbre. Bien entendu, avec eux aussi, j'avais parlé de Wassim et d'Othmane, mais aucun, dans le groupe, ne les connaissait et ils en avaient conclu qu'ils étaient dingues d'aller se battre à quinze ans. Comme quoi, les drames des uns ne sont pas ceux des autres !

Wassim est vivant. Lorsque Myriam m'a annoncé la nouvelle, ça m'a fait un bien immense. Son visage s'est imposé pendant que je parlais aux plus jeunes. « Wassim est vivant, ai-je dit, c'est chouette, non ? » Je n'oublierai jamais la réaction de Rose : « Il est peut-être mort au moment où vous nous l'annoncez, M'sieur. Ils sont trop cons, ces deux-là ! » Il y a eu quelques ricanements. « Un minimum de respect, ai-je ajouté, pensez à leur famille. » Et Rose de nouveau : « C'est eux qui auraient dû respecter leur famille en ne partant pas. » Plusieurs ont applaudi. J'ai renoncé à aller plus loin et j'ai parlé de la visite de la cinéaste.

L'infidèle ne mérite pas de vivre, sauf s'il se convertit et demande à Dieu pardon pour ses erreurs. L'infidèle vit sans Dieu et sa vie n'a donc pas de valeur.

Journal de Youssef

Cher Professeur,

Je suis déçue, tellement déçue. J'ai à nouveau songé à la courte conversation que j'ai eue avec Wassim et il me semble si changé. Qu'est-ce que c'est que ce délire de paradis, cette mort en martyr ? Il va racheter les fautes des siens en se faisant tuer. Le vrai djihad, ce n'est pas ça, le vrai djihad, c'est de lutter contre soi-même et de se corriger pour tendre vers Dieu le mieux possible. Avoir une vie tournée vers la lumière et offrir cette lumière aux autres. « Nour'alâ Nour » : Lumière sur lumière. Dieu, c'est tout ça et plus encore et je suis sûre qu'Il ne demande à personne de se sacrifier comme le font ces jeunes partis combattre en Syrie ou ailleurs. Ces corps qui explosent, ces maisons détruites, ces villes bombardées, ces hommes et ces femmes en larmes, ces enfants qui ont des cris peints dans le regard, est-ce la volonté de Dieu ? Quand Il nous invite à mourir pour lui,

Il veut que nous mourions à nous-mêmes, à ce qui remplit notre existence de choses inutiles, pas que nous allions nous faire massacrer sur un champ de bataille. Comment peut-on encore penser à Dieu lorsqu'on ne songe qu'à sauver sa peau et qu'à tuer l'ennemi qui est en face ?

Je ne veux pas que mon Wassim devienne un tueur, je ne veux pas qu'il me rapporte des fleurs tachées de sang, je ne veux pas qu'il soit abattu comme un chien et que son corps soit abandonné dans un caniveau comme j'en ai vu à la télé, crevé, le sang à côté du cadavre, bon appétit, tu reprends un peu de semoule ?, c'est dégueulasse ! Je m'emporte, mais je suis dégoûtée et si je tenais les salauds qui lui ont donné l'idée d'aller mourir là-bas, ils m'entendraient, car ces gens-là sont des assassins qui ne méritent que la prison et qui ne rencontreront jamais Dieu dans leur vie de merde. Ils envoient des enfants se faire massacrer à la guerre et ils profitent hypocritement du luxe d'un pays en paix !

Il y a des groupes dans les mosquées, autour des écoles. Ils rôdent et cherchent des proies. Je suis déçue. Pourquoi les flics ne les arrêtent-ils pas ? Ce ne sont pas Wassim et Othmane les terroristes, ce sont ces monstres de l'ombre qui empoisonnent les cerveaux avec des discours haineux. Il paraît que la France est une démocratie et que, de ce fait, on peut y avoir son opinion : je trouve qu'il faudrait interdire à ceux qui veulent tuer la démocratie d'ouvrir leur gueule, les extrémistes de tout bord, islamistes, extrême-droite et tutti quanti, les gens qui voient d'abord le mal en l'autre plutôt que la lumière. « Nour'alâ Nour ». Dieu est lumière et Il ne veut pas notre mort !

Cher Professeur, je ne sais même pas si vous êtes croyant. Moi, je le suis, profondément et je porte le voile lorsque je ne suis pas au collège. Pas parce que je suis une fanatique comme le croient certains, mais parce que je pense que, dans la rue, la femme doit se protéger du regard des hommes. Je ne peux pas comprendre que des filles courent à moitié nues sur le trottoir comme cette pute d'Ophélie qui s'est fait presque tous les garçons du collège ! Ça n'apporte rien, c'est vulgaire. L'amour, ce n'est pas juste relié au sexe comme le croient certains. L'amour, ça se respecte.

Je vais vous faire un aveu : avant les vacances, Wassim m'a demandé de sortir avec moi. J'ai quinze ans, comme Ophélie. J'aurais pu le faire sans état d'âme, mais ça aurait été un total manque de respect à mon égard. Ma foi m'aide à prendre des décisions difficiles, à ne pas me gaspiller. Wassim, je l'aime vraiment, c'est mon meilleur ami et sortir avec lui juste pour le plaisir, ce serait trop nul. S'il m'aime comme il le dit, il peut attendre. L'amour qui patiente devient plus fort !

Je vous fais confiance, Monsieur le Professeur. Cette lettre, je vais vous la passer. J'espère qu'elle demeurera notre secret et que vous aurez une réponse à me donner.

Myriam

***

Nous avons reçu des nouvelles d'Othmane par sa maman. Fouzia et Lucie l'ont rencontrée dans la rue. « Je te jure, la pauvre femme ! On dirait une vieille ! » Lui aussi est encore en vie. Il l'a appelée la veille. Wassim et lui ont été séparés. Wassim est dans un camp de blessés et il s'occupe d'humanitaire, Othmane se prépare au combat. « Je te jure, la mère, elle pleurait ! Elle voyait déjà son fils mort ! Je te jure, c'est trop dur de faire ça à sa mère. Othmane, il n'a pas de cœur. » Fouzia est énervante quand elle relate une histoire. Pas la peine qu'elle nous jure tout ce qu'elle raconte d'autant plus qu'elle cause aussi avec les mains !

Pauvres mamans. Nous imaginons à peine leur état, leur mal-être. Après avoir réussi à quitter le pays sans se faire remarquer par les gendarmes, ils se sont retrouvés à Istanbul d'où ils ont appelé chez eux. Les flics ont récupéré les vidéos de l'aéroport et il paraît qu'on les voie là-bas occupés à appeler leurs familles pour annoncer qu'ils se sont engagés dans le djihad et qu'ils vont mourir en martyrs pour la cause de l'islam !

Les mamans, elles ont dû perdre leur cœur d'entendre ça ! Leur petit, à l'autre bout du fil, qui leur annonce qu'il est déjà mort ! Nous sommes choqués. Qu'ils soient partis, bien sûr, mais aussi que ni l'un ni l'autre n'ait songé au mal qu'ils faisaient aux leurs, à leur famille qu'ils détruisaient. Johnny nous a dit combien Wassim était proche de sa maman et, malgré tout, il lui fait subir cela. Serait-il devenu fou ?

C'est ce que pense le prof d'histoire. Nous avons longuement parlé avec lui de l'embrigadement, de la façon dont certains groupes réussissent à annihiler la faculté de raisonner, la liberté de leurs membres. On répète une idée, sans cesse la même, on propose des solutions simplistes, on revient sur l'idée et on rejette ce qui ne lui ressemble pas. Tous les extrémismes procèdent de la même manière. Il nous a cité Hitler et l'idéologie nazie pour exemple. Dans la classe, certains ont réagi et lui ont dit qu'il ne pouvait pas comparer les nazis et les musulmans. Le débat était lancé ! Dès qu'on aborde les questions de religion, on sent l'agressivité monter. Il a souri – n'était-il pas musulman lui-même ? –, a répondu qu'il ne comparait rien du tout, qu'il n'aurait jamais cette impudence-là, qu'il voulait seulement nous démontrer que certains groupes, religieux ou pas, trouvaient toujours les mêmes ficelles pour manipuler les esprits. Ta situation est mauvaise, c'est la crise, tu cherches un bouc émissaire et tu démontres, avec des idées faciles, qu'il est en tort sur toute la ligne. Tu oublies bien entendu les qualités qu'il pourrait avoir, tu l'enfonces de manière répétitive avec quelques slogans faciles à retenir et marquants, même s'ils ne sont pas exacts. L'important est qu'ils ne soient pas tout à fait faux. Les gens qui t'écoutent intègrent ta recette facile et, ensuite, tu pousses le bouchon un peu plus loin et tu affirmes que, pour vivre mieux, pour sortir de la crise, il suffit de couper ce bras malade, de supprimer ce poids. Tous les discours nationalistes procèdent de cette manière et certains finissent par appeler au génocide : ne parlons pas des Nazis, parlons de Srebrenica en ex-Yougoslavie où des milliers de musulmans ont été massacrés lors d'une opération de nettoyage ethnique, parlons de l'horrible génocide du Rwanda. Les gens qui ont commis ces crimes étaient des êtres humains comme nous et ils ont obéi aux ordres sans ciller.

La démonstration du prof nous a fait froid dans le dos. Il nous a demandé à chacun de trouver un exemple concret pour illustrer cela et Virginie nous a fait marrer quand elle a sorti : « Monsieur, je dis à tous que j'ai un échec en histoire à cause de vous, je démontre que vous m'avez adressé quelques remarques négatives et que donc vous ne m'aimez pas, j'explique aux autres qu'ils risquent à leur tour d'être les victimes de votre petitesse d'esprit et que, pour éviter cela, il faut se débarrasser de vous. Nous repérons une de vos faiblesses, nous la montons en épingle et nous lançons la rumeur. Finalement, même celles et ceux qui ne vous connaissent pas vont finir par y croire sur la base du principe « On ne sait jamais » et chacun va répéter les mêmes phrases sans réfléchir. Il suffit d'un rien pour être embrigadé ! »

Le prof a applaudi et nous aussi. Virginie, c'est une tête ! Elle a raison : nous perdons vite notre liberté de penser devant des idées toutes faites et bien emballées. Est-ce ce qui est arrivé à Wassim et à Othmane au point qu'ils en oublient leur famille ?

***

J'ai parlé avec Myriam de la lettre qu'elle m'a adressée et je l'ai remerciée une nouvelle fois pour la confiance qu'elle m'accorde. Elle a répondu : « C'est normal, vous êtes quelqu'un de bien. » Nous avons passé le temps de la récréation ensemble. Heureusement que nous avons eu un moment de libre, car je ne pouvais pas l'abandonner avec la question qu'elle m'avait posée, les larmes dans les yeux, un tremblement dans la voix. « Dites, Monsieur, si j'avais accepté de sortir avec lui, peut-être qu'il ne serait pas parti. Cette idée n'arrête pas de me tourner dans la tête et elle m'empêche de dormir. » Deux longues larmes silencieuses ont coulé le long de ses joues. « Parce que tu aurais accepté de te mentir à toi-même pour lui éviter de commettre une bêtise ? » Elle a redressé la tête et j'ai retrouvé dans ses yeux la force lumineuse qui les habite quand elle affirme ce en quoi elle croit. « Non, jamais, je ne suis pas une marionnette ! » Elle a souri, m'a remercié, a ajouté que jamais encore dans sa vie elle n'avait été envahie par autant de sentiments contradictoires, oui, elle voulait que Wassim soit là, mais pas au prix de la justesse qu'elle se devait à elle-même et oui, elle aurait tout fait pour qu'il ne parte pas, mais elle n'aurait pas pu se mentir longtemps à elle-même et, finalement, il aurait filé un peu plus tard.

J'ai ajouté que, de toute manière, il ne fallait établir aucun lien entre l'engagement de Wassim en Syrie et leur relation. Pour partir là-bas, pour oublier le mal qu'il faisait à tant de gens, à sa famille, à ses amis, il devait avoir eu le cerveau parfaitement lavé. Pour ne pas lui en parler aussi. Myriam acquiesçait en silence. « C'est fou, a-t-elle conclu, j'ai cru jusqu'au bout que nous nous disions tout ! Docteur Jekyll et Mister Hyde, comme dans la nouvelle de Stevenson. »

Myriam a rejoint ses camarades de classe dans la cour. Des élèves comme elle rendent le métier de professeur passionnant. Personnalité, force de caractère, sensibilité, intelligence. Même sa vulgarité si spontanée la fait sortir du lot ! Elle était occupée à apprendre la puissance de la vie et ses pièges à deux cents à l'heure ! Comme ses amis d'ailleurs. On ne sort pas indemne d'une expérience comme celle qu'ils vivent. Comment accueilleront-ils Wassim et Othmane s'ils reviennent parmi nous ? Comment recevront-ils l'annonce possible de leur mort ? Je n'ai pas encore osé aborder ces questions en classe : la nouvelle de leur départ et l'émotion sont encore trop fraîches.

Heureusement, les médias nous accordent un peu de répit. Ils ne traînent plus devant le collège et le directeur nous a dit que nous allions rédiger un communiqué à l'intention de la presse, un communiqué commun, responsables de l'enseignement, profs et élèves. Voilà aussi un homme qui se révèle dans chaque situation de crise : je me demande comment il peut affronter autant de soucis à la fois et poser, dans chaque cas, un regard plein d'humanisme sur ce qui advient. « Un communiqué commun, a-t-il précisé, il n'est pas question que nous imposions notre point de vue d'adultes aux élèves. Ils sont partie prenante de ce malheureux événement et ils ont voix au chapitre autant que nous. » Il a invité les délégués de classe à le rencontrer. Je suis heureux d'enseigner dans une école qui attache autant d'importance à l'humain.

Seuls les vrais serviteurs de Dieu atteignent le paradis et pour cela ils doivent donner leur vie. Chasser l'infidèle est leur mission.

Journal de Youssef

Cher Professeur,

Au cours d'histoire, nous avons eu un débat qui m'a fait réfléchir. Virginie nous a démontré, avec un exemple facile, comment nous pouvions être embrigadés. Sa démonstration m'a tourné dans la tête pendant toute la soirée et je vous écris pour tenter de mettre mes idées au clair.

J'aime mon Dieu et ma religion. Ils sont pour moi des piliers qui me guident sur mon chemin. Ils m'offrent des règles de vie, des limites et je pense que c'est important, surtout dans notre société qui semble perdre tous ses repères. Cette liberté totale que les pubs nous proposent comme modèle, ces choix infinis, cette folie ne conduisent qu'à un manque de valeurs et à l'anarchie. Si chacun a tous les droits, si chacun peut faire ce qu'il désire, comment la société peut-elle encore fonctionner correctement ? Sans compter que pour jouir de toutes ces libertés, il faut de l'argent ! Si tu n'es pas riche, tu es mis sur le côté ! Les pubs ne s'adressent qu'à celles et ceux qui peuvent se payer ce qu'ils désirent et pour les autres, c'est la galère : ils ont juste le droit de baver devant ce qu'ils n'auront jamais et leur liberté, c'est de hurler bien fort que la société n'est pas juste.

Ma religion m'invite à partager, à me tourner vers les nécessiteux, à tendre la main vers celles et ceux qui me la tendent. Ce sont des valeurs simples et belles et, chaque jour, je prie mon Dieu de me donner l'inspiration suffisante pour poser des actes qui font du bien aux autres, pour ne pas songer qu'à moi seule. C'est ce que j'aimais (oh, je déteste cet imparfait horrible !), c'est ce que j'aime chez Wassim. Nous avons souvent discuté de tout cela et nous partagions la même vision des choses. Notre Dieu nous apprend à ne pas être égocentriques. Wassim disait : « Déjà quand tu te tournes vers Dieu, tu te tournes vers l'autre et tu cesses de ne penser qu'à toi. C'est un bon point, non ? » et il éclatait de son gros rire joyeux.

Voilà, je pleure ! Je voudrais tant me rappeler ces souvenirs heureux en me disant qu'ils existeront encore. Putain, ma vie, c'est chocolat amer et noir de noir.

Pause mouchoir.

Je reviens à ce que je vous écrivais. Mon Dieu m'apprend à demeurer dans le droit chemin, dans la justesse, à ne pas devenir une fofolle consumériste qui rêve d'acquérir l'Ipad 3 alors qu'elle vient d'acheter l'Ipad 2. Ça, ce n'est pas de la liberté, c'est de l'esclavage ! Notre société avec pour seule valeur la consommation immédiate se consume et nous transforme en moutons crétins. Les esclaves des technologies nouvelles et des voyages last minute bêlent de plaisir ensemble.

C'est une attitude qui énervait Wassim ! Il m'a permis de réfléchir aux problèmes sociaux, à ces patrons milliardaires qui délocalisent leur entreprise pour gagner plus de fric sans se soucier le moins du monde de la galère et du chômage des travailleurs privés de leur emploi. Wassim rêvait d'un monde plus juste, fait d'égalité entre les gens et il disait que notre société dérive chaque jour vers plus d'égoïsme. Putain, cet imparfait me bloque, mais il est plus juste que le présent, parce qu'aujourd'hui, je ne sais rien de ce qu'il pense, mon ami, là-bas, dans son camp ! S'il soigne des blessés, il doit se retrouver dans ses idées et dans sa religion, mais ne pouvait-il pas aider les pauvres sans risquer sa peau ? N'y en a-t-il pas assez chez nous ? Pourquoi son soutien aux clochards ne lui a pas suffi ?

Cher Professeur, j'écris beaucoup aujourd'hui, mais il faut que je trouve des réponses. Wassim aidait les malheureux ici et respectait ainsi les valeurs de l'islam. Il œuvrait pour une société plus juste comme celle dont nous parlions. Pourquoi est-il allé se fourrer dans ce traquenard syrien ?

Qu'est-ce que ça lui apporte en plus en tant que musulman ? De mourir en martyr ? Mourir en martyr à quinze ans !

Je songe à la démonstration de Virginie. C'est vrai qu'on peut vite être manipulé. Il suffit d'écouter certains discours. « Tu vis dans un pays d'infidèles et tu ne dois pas te comporter comme eux sous peine de la grande colère d'Allah. Tu vis dans une société qui t'exclut et qui te montre du doigt. Il faut te révolter ! Il faut que la parole vraie habite le monde et le nettoie de la perversion. » Je les entends dans mon quartier ! Ce ne sont pas des gens qui parlent d'amour, de vie en commun ; ils ne sont pas pour, ils sont contre, mais celles et ceux qui sont exclus de la société « brillante » où nous vivons les écoutent de plus en plus !

J'ai l'impression que ma religion et mon Dieu peuvent être utilisés par des gens mauvais et ça me cause une grande peine. Les paroles qui me guident peuvent aussi servir à tuer si on les entend mal, si on les lit mal. J'imagine que c'est ainsi que Wassim s'est fait piéger, lui, l'idéaliste qui rêvait d'un monde meilleur où chacun s'engage pour son prochain.

Je pleure de nouveau. Je m'arrête là.

Myriam

***

Othmane a envoyé un texto à Chafik. « Ça va, l'école ? » et un smiley figurant un visage réjoui. Nous avons tous voulu regarder le message sur l'écran du portable. Incroyable ! Comme d'habitude. Comme s'il était avec nous. Pas en Syrie, pas de souci. La vie est belle et elle continue. Chafik a tenté de l'appeler, mais il est tombé sur la messagerie. Il a répondu au texto : « Et toi, tu reviens ? Tu nous manques. » Pas de réponse. Est-ce quelqu'un qui a envoyé ce message sans qu'Othmane le sache ? Est-ce Othmane qui s'amusait entre deux combats ? Il est insupportable de ne pas savoir.

Pourquoi est-ce arrivé sur le téléphone de Chafik ? Othmane et lui étaient potes sans plus, voisins de banc au cours de mathématiques parce que Chafik n'est pas très fort dans cette branche et qu'Othmane lui offrait chambre avec vue sur ses réponses. Et, en échange Chafik lui filait les résumés de livres qu'Othmane ne lisait pas. Pas une réelle amitié et Chafik se monte le bourrichon pour comprendre pourquoi ces quelques mots lui ont été adressés.

Nous avons songé aux parents qui doivent être à l'affût du moindre signe, de la plus petite nouvelle. Où sont-ils ? Comment les récupérer ? L'État peut-il leur venir en aide ? Mille et une questions jour et nuit. Atroce ! Le Ministère des Affaires étrangères a ouvert un dossier, mais ce n'est pas pour cela qu'on enverra des commandos d'élite sur place pour sortir nos deux potes du pétrin. Ils ne sont pas otages, ils sont allés là-bas de leur plein gré et ils ne sont pas les seuls à avoir fait ce choix. À la télé, ils ont parlé d'un jeune de dix-neuf ans, converti à l'islam, parti sans prévenir, ayant abandonné ses parents, mais aussi sa petite-amie enceinte ! En pleine contradiction : prêchant des valeurs et faisant le contraire de celles-ci. Un musulman épouserait sa copine et ne l'abandonnerait pas avec un bébé dans le ventre. Comment est-ce possible sans avoir perdu la raison ?

Que deviendront-ils si on les récupère ? Nous avons posé la question aux profs. Seront-ils arrêtés, considérés comme des terroristes ? Ils nous ont répondu qu'ils n'étaient pas flics, mais que, c'était certain, Wassim et Othmane ne rentreraient pas à la maison comme si de rien n'était. « On les interrogera. La police veut démonter la filière qui envoie des jeunes en Syrie. Il y a, derrière les ados qui partent, des adultes pervers qui leur tournent la tête, les envoient à la guerre et restent, pendant ce temps, bien tranquillement chez eux. Si vos amis peuvent aider à coincer ces gens-là, ils seront importants pour la police. »

Sans compter que Wassim et Othmane peuvent faire peur. S'ils reviennent chez nous en tant que candidats kamikazes... Certains, on l'a vu dans les journaux et sur *Facebook*, les considèrent comme des dangers publics et déclarent ouvertement qu'il vaudrait mieux qu'ils restent là-bas. Une manière polie de dire « qu'ils meurent là-bas ». Ainsi, ils ne reviendront pas foutre le boxon en France avec le cerveau gavé d'idées tordues.

Wassim et Othmane sont encore des enfants, bordel ! Peu importe à certains de rayer leur vie de la carte du monde du moment qu'ils ont l'illusion de protéger leur petit confort. Et leur famille ? Que deviendront le frère et la sœur de Wassim s'il est tué là-bas ? Et ses parents ? Et les parents d'Othmane ? Leur fils unique ! Leur vie n'aurait donc servi à rien. L'éducation qu'ils ont donnée à leur fils non plus.

Nous sommes outrés. Sur *Facebook* et ailleurs, certains crétins se lâchent sans rien savoir. On accuse les parents de nos deux potes d'être des extrémistes qui leur ont bourré le crâne. Ils sont universitaires et n'ont rien à voir avec l'islam radical. Des gens « intégrés » comme on les aime ici, des familles françaises même si elles n'ont pas un nom qui sonne béret, baguette, ballon de rouge. Petits Beurs, mais pas petits beurres. Tout leur problème est là : même Français depuis plusieurs générations, les étrangers avec leur tronche bronzée et leur nom d'ailleurs demeurent une tache dans le décor.

Nous, ça nous énerve. Quand on fréquente un collège où les différences se partagent et s'enrichissent les unes des autres, on ne tombe pas dans le piège du rejet et de la haine. La France forte, c'est la France ouverte à tous, pas celle de quelques-uns. Si tu es d'origine arabe, tu as d'office moins de chance et ce n'est pas normal. On établit directement le lien avec toi et les fous qui se tapent sur la gueule en Irak, en Syrie et ailleurs. D'office, tu viens de Seine-Saint-Denis et pas du Vercors ! Au mieux, tu sens le fromage de chèvre, mais ni le Comté, ni le Munster. Bref, jamais, tu n'es un vrai Français aux yeux de trop de gens, et au quotidien, c'est insupportable.

En Syrie, Wassim et Othmane doivent avoir été accueillis en héros ! Des jeunes qui arrivaient pour libérer le peuple de son tyran. Une sacrée autre image de marque ! Ils doivent se sentir valorisés à mort. Là-bas, au moins, ils sont quelqu'un, pas des futurs chômeurs dans la tête des gens. Nous discutons de tout ça entre nous et ça nous rapproche drôlement. Nous n'avons jamais autant parlé ensemble. Avant le départ de Wassim et d'Othmane, il y avait quelques clans dans la classe, mais ils ont explosé et nous nous retrouvons, coudes serrés, rassemblés dans une douleur commune.

***

Que pourrais-je répondre à Myriam ? Ses réflexions sur la religion me bouleversent. Sa foi en Dieu me pose question. Il faut dire que le sujet ne m'a jamais intéressé. Si Dieu existe, tant mieux, mais il vaudrait mieux qu'il montre qu'il est là ! En gros, ma pensée se résumait à ça. Et à quelques phrases toutes faites, les religions amènent toujours les guerres, catholiques, protestants, chiites, sunnites et j'en passe, les religions empêchent la société d'évoluer, mariage homo, préservatif, contraception... Des slogans qui m'arrangeaient bien, parce qu'ils me permettaient d'avoir une opinion facile et de pouvoir écarter les contradicteurs qui voulaient que je m'étende sur le sujet. En classe, idem. La religion fait partie de la sphère privée et l'on n'en parle pas.

Wassim et Othmane ont chamboulé tout ça. Sont-ils des combattants de la liberté ou des djihadistes d'une foi obscure ? Existe-t-il un dieu qui demande de mourir pour lui, d'être martyr pour le rencontrer ? Comment ne pas répondre à une jeune fille ouverte et vive comme Myriam ? Comment ne pas être remis en question par sa foi pure et intelligente ? À plus de quarante ans, je ne me suis jamais posé les questions qu'elle met en évidence dans sa lettre. On ne peut pas discuter de cela entre deux heures de cours ou pendant une récré. J'ai envie de prendre la plume comme elle, de répondre posément aux idées qu'elle développe. Une réflexion de Wassim qu'elle cite dans sa lettre n'arrête pas de me tourner dans la tête depuis que je l'ai lue : « Déjà quand tu te tournes vers Dieu, tu te tournes vers l'autre et tu cesses de ne penser qu'à toi. » C'est tellement juste ! Nous crevons d'être centrés sur nous-mêmes, nous crevons de construire nos vies dans la solitude sans nous occuper des autres et, finalement, ces adolescents pleins d'idéalisme et de fraîcheur ont une leçon à nous donner.

À nous, adultes nantis, qui n'osons plus aller nulle part, ils montrent qu'on peut aller trop loin. Un dialogue, un partage est nécessaire : ils ravivent nos existences un peu molles, mais nous devons leur apprendre à canaliser leurs énergies sans briser leurs élans dans l'œuf. Ils auraient mieux aidé la Syrie d'ici, en militant, en s'engageant pour trouver des vivres, en nous entraînant dans leur enthousiasme. Aller là-bas comme ils l'ont fait, c'est se transformer en victimes. J'ai vu des vidéos sur Internet : les jeunes de quinze ans sont utilisés par les milices comme de la chair à canon. On les envoie poser des grenades dégoupillées sous les chars et, souvent, celles-ci explosent avant qu'ils aient pu trouver un refuge !

Où est ton Dieu dans autant d'horreur, Myriam ? C'est vrai que nous tourner vers lui, c'est nous tourner vers l'autre, mais si c'est pour l'abattre, ça sert à quoi ? J'en ai parlé avec ce cher Aziz, mon collègue d'histoire. Il ne va pas bien, il comprend mal que Wassim et Othmane aient pu passer entre les mailles de son attention. Il est profondément abattu : ses cours qui disent l'importance de l'ouverture n'ont-ils donc servi à rien ? Les harangues réductrices de quelques intégristes ont-elles eu plus de poids que sa parole de tolérance ? « Dieu, m'a-t-il répondu, est tout puissant d'amour. Il ne t'impose rien et c'est ce qui fait sa faiblesse et la beauté de son message. » J'ai médité sa phrase durant toute la soirée. Aziz a raison : quand il s'impose, l'amour n'est plus de l'amour. Le Dieu aimant des musulmans n'est pas celui que les intégristes ont perverti.

Seul le djihad nous libère ! La mort n'est rien comparée au paradis où nous serons reçus. Les vierges nous attendent et nous trouverons notre récompense dans l'au-delà.

Journal de Youssef

Cher Professeur,

Ça m'a fait tout drôle de recevoir une lettre de vous ! Votre petite écriture penchée vers la droite, votre encre mauve si différente des traces de rouge dont vous ornez mes interrogations, ce papier crème qui prouve votre bon goût et votre sens du beau m'ont charmée. Chouette, chouette, si un prof se donne la peine de m'écrire une lettre, c'est que j'ai du prix à ses yeux, c'est qu'il pense que je ne débite pas que des bêtises.

Votre attention me touche, le temps que vous m'accordez aussi. Je ne suis qu'une ado parmi celles et ceux que vous croisez et vous vous donnez la peine de prendre la plume pour répondre à mes questions.

J'ai relu plusieurs fois votre lettre. Vous êtes un homme généreux, monsieur, et je m'étonne quand vous me dites que vous ne croyez pas en Dieu. C'est vrai, de tout temps, on a commis tellement de meurtres en son nom, on s'est servi de lui pour entamer tant de guerres et vous, les chrétiens, n'avez pas été les derniers à vous battre et à massacrer vos semblables. C'est vrai que la guerre de libération en Syrie semble se transformer en un combat entre chiites et sunnites et que ceux qui appellent au djihad sont souvent des allumés de première, car ils réduisent le sens du mot, ils le pervertissent. Mais, malgré tout, ne croyez-vous pas que Dieu en vaut la peine ?

Je voudrais en parler avec notre prof d'histoire, mais il semble aller si mal depuis le départ de Wassim et d'Othmane que j'ai peur de lui faire de la peine. C'est un homme bien, mais il nous impressionne. Il semble tout connaître du monde et il demeure si sensible. Comme vous, c'est un prof que nous aimons beaucoup. Il nous a lu une très belle phrase à propos de la vérité. Elle est de Marc-Alain Ouaknin, publiée dans un livre qu'il a écrit sur les dix commandements. Je l'ai notée, je l'ai relue, je vous la livre : « Dès lors que quelqu'un revendique comme seule vérité la sienne, on entre dans une violence infinie, et le dialogue, à supposer qu'il ait lieu, ne peut mener qu'au meurtre. Il faut refuser absolument les guerres de religion, le djihad et autres guerres « saintes » : il n'y a de sainteté que dans le respect d'autrui ! » C'est si vrai, vous ne trouvez pas ?

Dans votre lettre, vous m'écrivez que l'humanisme, le respect de l'autre, le partage des différences, la lutte contre les exclusions sont des valeurs qui guident votre vie et que vous n'avez pas besoin de Dieu pour vivre cela. Que faites-vous lorsque vous êtes seul, que vous êtes triste, que votre vie vous paraît un échec ? Si je n'avais pas mon Dieu pour me blottir dans ses bras, pour me ressourcer dans son amour, je deviendrais folle aujourd'hui ! Mon Dieu à qui parler de Wassim, mon Dieu à qui m'abandonner pour éviter de vouloir porter un monde qui s'écroule sur mes épaules. Que feriez-vous, monsieur, si votre fils, votre fille (je ne sais pas si vous avez des enfants, mais comme vous êtes vieux, c'est possible !) partait comme Wassim et Othmane se sont envolés ? Vous mettriez tout en œuvre pour les retrouver, mais vous seriez aussi confronté à votre totale impuissance et sans doute conduit au désespoir. Si vous ne croyez en rien, c'est le choc, la chute. Si vous croyez en Dieu, vous conservez une espérance.

J'ai quinze ans, je n'ai pas fait vos études, mais c'est simplement ce que je crois, ce qui m'empêche de sombrer. Je me confie à vous, je me confiais à Wassim, mais ce n'est pas la même chose de se confier à Dieu. C'est plus fort, plus intime, ça ne s'explique pas et c'est sans doute ce qui vous gêne. Vous avez trop besoin de tout expliquer par la raison. S'il n'y avait qu'elle, Wassim et Othmane ne seraient pas partis en Syrie, car ils auraient pesé le pour et le contre et ils auraient vu qu'aller combattre là-bas n'était qu'une folie. Il y a quelque chose de plus fort qu'eux qui les a poussés sur le chemin de la guerre. Les islamistes djihadistes disent qu'ils ont entendu l'appel de Dieu et, en affirmant ça, ces gens font du tort à notre religion. Je pense qu'ils sont en Syrie à cause de leur inconscience qui a été manipulée : Dieu ne demande pas à un enfant d'abandonner ses parents, au contraire ! Dieu est tout puissant d'amour et c'est pour cela que je l'aime, parce qu'Il peut m'aimer comme je ne l'aimerai jamais. C'est pour cela que je crois en lui, mais je peux comprendre que vous n'adhériez pas à ma foi.

Je vous remercie de tout cœur pour la personne franche que vous êtes et pour la confiance que vous m'accordez. Votre lettre m'a fait du bien. Je vais la relire et, franchement, je préfère votre encre mauve à votre stylo rouge. Wassim lui aimait écrire en turquoise. J'ai toujours trouvé cette couleur moche, mais, depuis qu'il est parti, depuis que je ne reçois plus aucune lettre de lui, elle me manque. C'est pourquoi je vous ai écrit cette lettre en turquoise : c'est un peu comme si Wassim était encore parmi nous. La Myriam bleu foncé est devenue bleu turquoise. Vous aimez ?

Myriam

***

Les délégués de classe, certains profs et la direction du collège se sont réunis pour rédiger un communiqué de presse. Merde aux journalistes qui continuent de nous houspiller. Hier, ils ont appelé Bébé Cougnou, le prof de français, sur son portable pour qu'il témoigne de l'émotion régnant à l'école pendant le journal télévisé. Il a refusé de participer à cette interview en précisant au journaliste qui l'appelait que ce n'était pas de l'info, que ça n'avait aucun intérêt.

Dans un mois, ce sont les examens et nous avons besoin de retrouver nos marques, même si chacun admet qu'il sera difficile de nous concentrer alors que nous pensons sans cesse que nos deux copains peuvent se faire tuer. Le temps qui passe atténue pourtant les choses : sauf pour Johnny qui ne peut pas parler de Wassim sans avoir les larmes aux yeux, les autres commencent à pouvoir prendre une certaine distance avec l'événement. Il y a de nouveau des blagues idiotes et des sourires dans la classe, mais, chaque fois, lorsque nous prenons conscience que nous nous amusons, nous nous en voulons un peu, coupables sans l'être, mais pris soudain d'une pensée pour les disparus.

Johnny a participé à la réunion avec les profs et le directeur. Myriam et Marc aussi. Leur discussion a duré pendant deux heures et ils en sont revenus très émus. Le fait que les responsables de l'école et les profs aient voulu rédiger ce texte avec les élèves nous a scotchés. Ils auraient pu écrire un texte d'adultes sans se préoccuper de nous, mais le directeur a insisté pour que les élèves qui nous représentaient donnent leur avis sur chaque phrase, fassent des corrections, apportent des nuances. Nous avons le sentiment de faire partie d'une vraie communauté scolaire grâce à cela. Marc était fier d'avoir pu modifier la fin du texte, Johnny ému d'avoir ajouté une nuance. Myriam n'a rien dit. Avec elle, c'est ainsi : des hauts et des bas. Ce matin, c'était plus le cafard et elle s'est fermée sur elle-même. Elle était très proche de Wassim, ils se confiaient tout et elle ne doit toujours pas comprendre pourquoi il ne lui a pas annoncé son départ. Elle parle parfois avec le prof de français à la récré. C'est chouette qu'il lui accorde de l'attention, car elle en a besoin.

Adieu, les médias ! Le collège – direction, profs, élèves – vous annonce qu'il ne communiquera désormais plus avec vous et que vous devrez vous en référer aux enquêteurs qui sont sur l'affaire ou aux responsables de l'enseignement. Nous voulons nous retrouver entre nous, non pas pour oublier Wassim et Othmane, mais pour cesser d'alimenter de la douleur inutile. Aux dernières nouvelles, ils sont toujours en vie, mais les dernières nouvelles ne sont jamais très fraîches. Ce qui est tuant, c'est de recevoir un texto qui n'en dit pas assez. Othmane semble s'amuser avec cela : dernier en date reçu une nouvelle fois sur le portable de Chafik : « Ici, ça boume ! Et chez vous ? » On le drogue ou quoi ? Personne ne l'a jamais connu comme ça. Sa mère a, paraît-il, reçu un appel de lui. Il va bien, il n'a pas de nouvelles de Wassim, il lui a demandé comment elle supportait de vivre dans un pays de mécréants. Ces connards d'extrémistes lui ont bien bourré la tête ! Nous avons l'impression que ce n'est plus notre copain qui parle. La mère d'Othmane a raconté cela à sa voisine. Celle-ci l'a raconté à la mère de Youssef qui, lui, semblait très fier du discours d'Othmane. « C'est un vrai musulman ! » qu'il a dit. Youssef, il est parfois un peu taré. C'est un taiseux, comme Othmane. Lors des débats, il ne donne pas souvent son opinion ; il demeure au balcon, avec un regard méprisant, pour nos discours et pour les réponses des profs. Seul Othmane discutait avec lui. Sans doute parce qu'ils habitent dans la même rue. Un jour, Lorena a lâché : « Les deux muets se causent entre eux. » et ça nous a bêtement fait rire.

***

Ce texte rédigé à plusieurs mains fut une superbe expérience. Je suis toujours étonné de la qualité de pensée des ados. Ils ont une profondeur que leurs attitudes provocatrices ne laissent pas soupçonner et une fraîcheur que nous, adultes, n'avons plus. C'était chouette de voir les idées tourner autour de la table, les nuances s'installer. J'en sais gré à notre directeur qui n'a pas voulu prendre le pouvoir et imposer sa copie. L'expérience que nous avons vécue ensemble nous a permis de mieux saisir l'importance que le départ de Wassim et d'Othmane représente pour chacun de nous, de manière différente, mais tout aussi intense. Marc est intervenu à plusieurs reprises et a demandé de modifier des détails du futur communiqué : s'il pouvait mettre autant de précision dans les travaux qu'il me rend ! Myriam s'est montrée plus discrète, trop touchée sans doute, peut-être intimidée par tout ce monde autour de la table. Ce qui m'a le plus frappé, c'est la dignité de chacun, le respect et l'écoute que nous avions les uns pour les autres, malgré la fatigue, malgré la douleur. J'ai découvert des adolescents profondément marqués par ce que nous vivons tous et je me suis dit que si Wassim et Othmane étaient présents et pouvaient assister à cette réunion, ils regretteraient amèrement d'avoir semé autant de mal autour d'eux.

Mais sont-ils encore capables d'émotion ? Sont-ils capables de comprendre ce que ressentent celles et ceux qui les aiment ? Nous avons parlé d'Othmane et de ses textos débiles. Chaïma, une cousine de Wassim, élève en troisième, a raconté que sa mère avait réussi à contacter celui-ci sur son portable et qu'elle ne s'en était pas encore remise. Le Wassim rigolard et blagueur que nous connaissons tous était au rendez-vous ! « Viens, rejoins-moi, il fait plus chaud ici qu'en France ! Et peu importe si nous mourons puisque nous irons au paradis. » La tante était outrée du manque de sensibilité de son neveu qui lui a précisé que, dans la vie, il y avait parfois des missions plus importantes que la famille, que Dieu était son premier choix et que Dieu aiderait les siens à surmonter leur douleur s'il était tué. Chaïma n'avait pas achevé sa phrase que Myriam a lancé que tout ça était un tissu de conneries, qu'elle n'en revenait pas que son meilleur ami soit devenu aussi nase. Le directeur est intervenu et a dit : « C'est ça, être embrigadé, c'est croire que des idées ont plus de valeur que nous-mêmes. » Bon sujet de dissertation, me suis-je dit intérieurement.

Notre réunion a duré plus de deux heures et personne ne semblait pressé de la quitter, ni les adultes, ni les ados. Nous étions autour d'une table, comme une famille qui se rassemble pour voir comment résoudre les difficultés d'un de ses membres. Une famille, c'était le terme le plus juste, même si, comme le chante Goldman, nous n'étions pas du même sang. Les barrières profs-élèves avaient disparu ; nous étions des amis rassemblés pour soigner les blessures du monde. Je suis sorti un des derniers de la salle. Le directeur m'a posé une main sur l'épaule, m'a souri et m'a dit : « Cette réunion vient de me faire oublier ces quinze jours de pression intense. Ils sont chouettes, nos élèves ! »

Je hais cette société, ces femmes perverses et ces hommes sans valeur. Je hais ce monde où seuls l'argent et la beauté importent. Je hais ces gens qui vivent sans Dieu et qui, par leurs pensées et par leurs actes, L'insultent sans cesse.

Journal de Youssef

Cher Professeur,

Wassim m'a appelée et nous avons pu parler plus longuement. Je ne le comprends plus, je ne trouve plus celui à qui je confiais le moindre de mes délires. Il n'a plus que les mots « Djihad, Allah, Syrie, Martyr » à la bouche. Où est passé le garçon qui s'amusait de choses simples, celui qui me faisait des blagues idiotes et qui imitait les profs à merveille ? Oui, parfois il vous singeait et c'était comique, la tête légèrement penchée sur le côté, un grand sourire et votre « Bonjour, les amis ! » quand nous entrons dans la classe ! Mon Wassim, mon marrant, qui savait cependant aussi m'écouter lorsque j'avais de la peine et qui trouvait les mots justes (un peu comme vous) pour me rassurer, pas des formules toutes faites, mais des phrases qui prouvaient qu'il m'avait écoutée, qu'il avait réfléchi avant de me répondre.

Notre conversation a été une espèce de monologue, chacun n'écoutant que soi. J'ai dit : « On est mal ici, tu rentres quand ? » Il a dit : « Jamais. Je reste. J'ai donné ma vie à Dieu. » J'ai dit : « Dieu t'a demandé de faire souffrir ta famille et tes amis ? » Il a dit : « Dieu m'a demandé de sauver le peuple syrien. » Je me suis énervée et j'ai dit : « T'as tchatté avec lui ou quoi ? » Il a ri et a répondu : « Il me parle dans mon cœur. » J'ai dit : « C'est pas juste, tu nous tues tous ! » Il y a eu un blanc, je sais qu'il m'apprécie (pourrais-je dire qu'il m'aime ?) et il a répondu d'une voix plus grave : « Si je rentrais, je trahirais l'islam. » J'ai dit : « C'est quoi, cette connerie ? » Il a dit : « Je ne veux pas trahir ceux qui me font confiance ici, je ne veux pas être lâche. » J'ai dit : « Lâche, pourquoi ? Reviens ! » Il a dit : « N'insiste pas. Nous nous retrouverons au paradis d'Allah. » Et il a raccroché. Merde !

C'était hier soir, à vingt-deux heures et je n'ai pas réussi à m'endormir avant quatre heures du matin. C'est la raison de mon retard aujourd'hui. J'ai inventé une indigestion pour me lever plus tard. Ma mère voulait que je reste toute la journée à la maison, mais pas question de tourner ces idées dans ma tête, je préfère venir au collège ! Si mes parents savaient que Wassim me téléphone, ils me supprimeraient mon portable, mais, de ma vie, ils se préoccupent peu. Du moment que je ramène de beaux résultats de l'école, ils sont contents et ils croient que je suis une fille modèle. Pour mon père, le geste qu'a posé Wassim le condamne et le fait passer dans le clan des mauvais, des extrémistes, de ceux qui trahissent les vraies valeurs de l'islam qui sont l'amour et la tolérance. Mon père ne supporte pas ces gens-là qui donnent de nous, musulmans, une image négative sur la planète entière. Il y a tant de gens qui nous résument aux intégristes, à ceux, sunnites ou chiites, qui croient que l'islam ne parle qu'avec des canons.

Le prof d'histoire nous a montré des photos des Bouddhas millénaires détruits par les talibans à coups de mortier dans la vallée de Bamiyan en Afghanistan. C'est la honte. Pourquoi massacrer les beautés de la culture des autres pour imposer la sienne ? Comment peut-on bombarder des statues symboles de la richesse de l'Humanité sans le moindre état d'âme ?

J'ai l'impression que c'est ce chemin que Wassim suit pour le moment. Pour lui, il n'existe plus qu'une vérité et les autres sont dans l'erreur. Bref, tu penses comme moi ou tu meurs. Et si tu es le plus fort et que tu me tues, je deviendrai un martyr de la cause juste. Quelle manière de tourner en rond dans sa bêtise !

Je n'aurais jamais cru que mon ami de toujours (nous nous connaissons depuis la maternelle) devienne aussi idiot. Qu'un jour, j'écrirais cela de lui. À un prof ! Mais, en même temps, Wassim, je ne veux pas le perdre. Je veux le ramener sain et sauf. Pour sa mère, son père, sa sœur et son petit frère ! Et pour moi. J'ai besoin de son sourire et de ses blagues idiotes pour retrouver la force d'être heureuse.

Myriam

***

Nous sommes choqués. Nous n'en pouvons plus d'entendre parler de la Syrie et des morts. Chaque fois que la télé passe un reportage sur la guerre là-bas, nous croyons que nous allons voir Wassim ou Othmane sur l'écran, genre les bidochons qui disent bonjour derrière le journaliste parce qu'ils remarquent une caméra ou ceux qui téléphonent à leurs potes pour dire : « Regarde, je passe à la télé ! ». Ou pis : reconnaître le visage de nos amis parmi ces corps étendus dans des rues dévastées, au milieu des ruines.

Ce al-Assad est un salaud. Pourquoi ne pas accepter une démocratie ? Pourquoi tout faire pour conserver le pouvoir ? Un médecin en plus ! Comment quelqu'un qui a poursuivi des études pareilles peut-il accepter de voir son peuple se faire massacrer par son armée ? Comment peut-il supporter de voir ces villes détruites, ces corps de femmes, d'enfants, de vieillards traînant au milieu des rues ? Comment sa jolie épouse, universitaire et brillante elle aussi, peut-elle accepter d'être complice de tant de meurtres ? Son silence plaide contre elle. Tout ça, tant de morts innocents, pour demeurer l'homme et la femme les plus puissants de Syrie ? Facile d'accuser ceux qui ne sont pas d'accord avec toi de terrorisme et de trouver là le prétexte pour les massacrer. Pourquoi ne pas installer tous les protagonistes autour d'une table et écouter les points de vue des uns et des autres comme nous l'avons fait lors de la rédaction de notre communiqué de presse ? Nous n'étions pas tous d'accord avec tout, mais nous avons pris la peine de nous écouter, ados et adultes, pour arriver à un résultat dont nous soyons fiers.

Et ceux du camp adverse ? Nous ne comprenons pas qui fait quoi dans cette macédoine de mouvements. Pourquoi ne réussissent-ils pas à s'entendre entre eux alors qu'ils ont un ennemi commun, le président sanguinaire ? Il y a de vrais combattants de la liberté parmi eux, mais il y a aussi des groupes islamistes hyper durs. Dans quelle mouvance, Wassim et Othmane ont-ils atterri ? Il est de plus en plus certain qu'ils ont été recrutés par des extrémistes. La police poursuit son enquête et rien ne filtre, mais, dès qu'il reçoit des nouvelles de services compétents, le directeur passe dans notre classe pour nous tenir au courant. Nous découvrons cet homme qui, d'habitude, n'est vu que comme un empêcheur de tourner en rond, un distributeur automatique de sanctions quand l'un de nous ne respecte pas les règles. Quel mec ! Même les plus critiques le reconnaissent. Depuis le départ de nos amis, il gère la situation avec une humanité peu commune. Il est avec nous, il ne se réfugie pas dans sa tour d'ivoire et nous sentons qu'à nous et aux profs aussi choqués que nous, il accorde de l'importance. Il ne se la joue pas président qui a tous les pouvoirs ! Droit de vie et de mort sur son peuple.

Ces tueurs se réclament de l'islam ! On a vu un reportage à la télé où « Barbare al-Assad » prie dans une mosquée. Comment ose-t-il encore se rendre dans des lieux de culte avec tout le sang qu'il a sur les mains ? Et ses soldats (ou les miliciens du camp adverse), comment peuvent-ils se dire musulmans après avoir violé des femmes, égorgé des enfants, assassiné des vieillards, bombardé des écoles et des hôpitaux ?

La guerre, c'est l'horreur et il faut que l'horreur cesse. Nous avons eu un débat avec le prof de maths, oui en maths ! Nous étions si retournés par les nouvelles de la veille à la télé que le prof a accepté d'en discuter avec nous. Une heure avant de revenir à ses chers sinus et cosinus ! Ça le révolte autant que nous que les grandes nations du monde n'agissent pas. Nous ne comprenons pas les équilibres qui existent entre pays. Les Russes soutiennent al-Assad (comment peuvent-ils ?) et sont donc aussi responsables que lui des milliers de tués et de réfugiés. Tout ça, si nous avons bien compris, pour conserver un accès pour leurs navires militaires dans la Méditerranée ! Les Américains et les Européens soutiennent les rebelles, mais pas ouvertement... Les Chinois se font tirer l'oreille et font semblant de rien... Et, pendant ce temps-là, en Syrie, les gens, des enfants comme nous, des adultes comme nos parents, continuent de se faire massacrer par des dingues qui ne songent qu'à la victoire. Allah doit être mal pris : il est présenté comme fan des deux camps puisque tous s'en réclament et il doit faire gagner tout le monde et massacrer le plus de gens possible. Pauvre Dieu, mis à toutes les sauces !

Les adultes déclarent que nous devons les prendre pour modèles ! Piètres modèles en fait ! Évidemment, le prof de maths nous a dit que tous ne se conduisaient pas en barbares et que c'est vers ces gens-là que nous devions nous tourner. N'empêche, comment est-il possible que tout un pays devienne fou et qu'ensuite les autres laissent faire sans bouger ? C'est un peu comme si deux d'entre nous se massacraient à la récré et que les autres n'intervenaient pas et applaudissaient les combattants pour voir avec une curiosité malsaine lequel des deux est le plus fort. Quand Rachid a dit ça, Lorena, avec un sourire malicieux, s'est tournée vers lui et a demandé : « Parce que ça n'arrive pas sans doute ? »

***

Paul, mon collègue de mathématiques, m'a parlé du débat passionnel qui avait eu lieu à son cours. Il en était tout retourné, se reprochait d'avoir lâché la bride et d'avoir permis que la Syrie se glisse entre ses équations et ses logarithmes. « Difficile de poursuivre cette année scolaire alors qu'ils sont dans un tel état de stress ! » a t-il ajouté pour s'excuser. Je l'ai rassuré. « À situation exceptionnelle, méthodes exceptionnelles ! Les modèles parfaits imposés par les pédagogues prennent une fois de plus un coup dans l'aile. J'essaie de donner mon cours, mais, lorsque je les sens trop émus, je leur permets de s'exprimer. Il suffit d'un reportage à la télé ou de nouvelles reçues par l'un ou l'autre. » Paul n'en revient pas que Wassim et Othmane puissent continuer à utiliser leur portable pour entrer en contact avec les leurs et avec leurs amis. C'est plutôt bon signe, non ? Ils semblent jouir d'une certaine liberté. Il a ajouté qu'on pouvait les retracer avec un téléphone portable, qu'il ne comprenait pas pourquoi on ne les ramenait pas par la peau du cou ! « Trouve quelqu'un qui accepte de se rendre dans ce bourbier pour sauver deux ados entourés de mecs armés jusqu'aux dents ! » Il a eu un sourire triste. « C'est vrai, on ne va pas engager pour deux mômes les moyens qu'on a mis pour assassiner Oussama Ben Laden. » J'ai ajouté qu'il n'y avait pas que Wassim et Othmane qui étaient partis combattre : « Des centaines de jeunes Européens sont sur le terrain, Paul. Des centaines de familles ont perdu un ou plusieurs fils ! »

La situation nous dépasse ; les profs n'aiment en général pas cela. Ici, pourtant, pas question de tout rassembler dans une bulle raisonnable, de la décortiquer et de la livrer résumée et éclaircie à nos élèves en quête de davantage de compréhension. La guerre qui se déroule en Syrie n'a plus rien de rationnel. L'homme y rejoint ses instincts les plus bas, sa bestialité, sa barbarie. Dans un camp comme dans l'autre. Ce qui importe, c'est de tuer le plus possible d'ennemis et, chez les rebelles, chacun semble l'adversaire de chacun. Un bourbier. Comment des adolescents peuvent-ils rêver d'aller se battre là-bas ? Celles et ceux qui leur promettent le paradis s'ils choisissent de servir de chair à canon sont des assassins et ils méritent la prison ! Lorsque Myriam me raconte sa rage de les voir courir en liberté, je la comprends, lorsqu'elle me parle de son incompréhension devant le laxisme de la police, je ne peux que lui répondre que nous vivons en démocratie et que chacun a le droit d'y exprimer ses idées, même si celles-ci vont à l'encontre du bien commun. Cela, les jeunes ne peuvent pas l'accepter ; ils sont unanimes à affirmer que la démocratie doit interdire l'expression d'idées qui la détruisent. Le débat est lancé !

Je les découvre à travers les discussions que nous avons en classe. Tout texte analysé devient prétexte à aborder la problématique syrienne : hier, Sartre et son engagement, ce matin, Camus et l'absurdité de la vie. « S'engager pour aller mourir ? » a interrogé Lorena. « Si notre vie ne sert à rien, à quoi sert notre vie ? » a demandé Ferda. Johnny est intervenu et a raconté aux autres ce qu'il avait entendu à la radio, avant de venir au collège. Un jeune parti là-bas a été exécuté d'une balle dans la tête durant son sommeil parce qu'il avait déclaré qu'il voulait rentrer au pays, qu'il n'en pouvait plus de toute cette haine. Il avait appelé sa mère la veille et, le matin, celle-ci a reçu un coup de téléphone anonyme pour lui annoncer sa mort. Par qui ? Ceux de son camp, ceux d'un groupe adverse ? Johnny m'a demandé si ça pouvait arriver à Wassim et à Othmane. Comme lui j'avais pris connaissance de la nouvelle et elle m'avait bouleversé. J'avais préféré ne rien leur en dire, car je savais qu'ils établiraient un lien avec leurs amis et je souhaitais secrètement que personne ne l'ait entendue. Un blanc dans la classe. Ils se posaient tous la même question et, aux yeux vides et interrogateurs, j'ai vu que certains imaginaient la scène. C'est à ce moment-là que Youssef est intervenu : « Normal qu'il ait été tué, non ? C'était un lâche ! Les déserteurs, on les exécutait aussi ! » Myriam s'est levée comme une flèche : « T'es rien qu'un sale connard ! Tu voudrais que ça arrive à Wassim ou à Othmane ? » Et Youssef : « Les traîtres doivent toujours être punis. » Myriam : « Et toi, sale planqué, tu ne mériterais pas qu'on te casse la gueule ? »

Je suis intervenu pour éviter que ça ne dégénère. Les nerfs sont à vif et les tensions entre eux sont de plus en plus franches. Youssef, le transparent, a parfois de ces réactions ! Un élève sans problème qui ne fraie guère avec les autres. Il était souvent assis à côté d'Othmane. L'un et l'autre tranquilles à observer le cours avec ce que j'appellerais une distance ironique. Comme s'ils étaient présents sans l'être vraiment, mais rien à leur reprocher : travaux effectués dans les temps, matières étudiées et, comme diraient les pédagogues, compétences acquises. Il se montre plus agressif depuis le départ de Wassim et d'Othmane. Sans doute à cause du choc qu'il a subi comme les autres. Il faudrait que je parle un jour avec lui. Je le connais finalement très mal.

C'est étrange : dans chaque groupe, certains élèves demeurent des ombres dont le prof ne sait rien du début à la fin de l'année alors que d'autres, comme Myriam, brillent dès le premier jour. Un mystère qui me frappe depuis longtemps. Seront-ils aussi transparents dans la vie qu'ils le sont à l'école ? Et que deviendront des filles lumière comme Myriam, Lorena ou Samia une fois qu'elles entreront dans l'existence adulte ? Auront-elles toujours ce punch qui les distingue des autres ?

Une femme qui a raison, c'est un homme qui a tort et ce n'est pas supportable. Les femmes doivent respecter les hommes parce qu'ils leur sont supérieurs.

Journal de Youssef

Cher Professeur,

Youssef, c'est une vraie clenche ! Je ne le supporte plus. Tout à l'heure, en classe, j'ai explosé et j'aurais voulu que vous n'interveniez pas pour que je puisse lui mettre ma main dans la gueule. Il ne dit presque jamais rien au cours et c'est pourquoi les profs ne se rendent pas compte qu'il a un discours de taré. Les tours jumelles de septembre 2001, ça le fait marrer et il estime que tuer plus de trois mille personnes innocentes est un haut fait de guerre. Les femmes lapidées par les talibans en Afghanistan, il trouve ça « cool » pour reprendre son mot. J'aime mon Dieu, vous le savez, mais je n'aime pas les exactions commises en son nom. Je ne peux admettre des dérives comme celle de Youssef. Il se réfugie dans un islam radical qui a peur des autres et qui veut détruire ce qui ne lui ressemble pas. Avec lui, pas le choix : tu es un musulman comme lui ou tu n'es pas un bon musulman, comme si les différences d'interprétation n'existaient pas et qu'on ne pouvait pas s'enrichir de l'opinion des autres.

Ce mec ne m'intéressait pas du tout, il y a encore quelques semaines. Je ne l'aurais choisi ni pour ami, ni pour ennemi. Un peu comme Othmane à qui je n'ai jamais rien eu à dire. Mais là, il m'énerve franchement ! Soit il se radicalise, soit il était déjà ainsi et je ne l'ai pas remarqué. Wassim ne me parlait (ah, cet imparfait que je déteste !) pas de lui, mais, ces derniers temps, il traînait pas mal avec Othmane et, vous avez dû le remarquer, Othmane était souvent assis à côté de Youssef à votre cours. En histoire et en biologie aussi. Je délire peut-être, mais je me dis que mon Wassim m'a caché beaucoup de choses et je lui en veux. Si j'étais, comme il me l'a dit un jour, « la femme de sa vie » (même si nous ne sortions pas ensemble), pourquoi ne partageait-il pas tout avec moi ?

L'être humain est-il fiable ? J'ai le sentiment que, depuis le départ de Wassim, je ne peux plus accorder ma confiance à personne. Même si je me livre en vous écrivant, je me dis que j'ai peut-être tort, qu'un jour, vous pourriez me trahir comme Wassim l'a fait, comme il l'a fait à l'égard de ses parents, de son frère et de sa sœur. Comment a-t-il pu leur dissimuler ses pensées les plus secrètes, vivre à leurs côtés comme si de rien n'était alors qu'il préparait son départ pour la Syrie ? Il a fallu acheter le billet d'avion pour Istanbul, il a dû penser aux conséquences de ses actes, tout cela en souriant, en blaguant à table et en promettant à sa mère de mieux travailler à l'école ! Pour noyer le poisson, pour qu'ils ne se doutent de rien ! Quel sale menteur !

Je songe à la dernière fois que je l'ai vu. Sur le trottoir, devant le collège, le vendredi après-midi, à blaguer avec lui, contents tous les deux que les vacances soient enfin là, projetant de nous reposer, de rêver, de nous voir au centre-ville durant la première semaine de congé. Son grand rire, ses yeux lumineux : « Je te recontacte, promis ! Passe de bonnes vacances ! Moi, j'en profiterai. J'ai envie de me retrouver dans un pays où il pleut moins. Pourquoi pas en Syrie ? » J'ai ri, j'ai répondu : « T'es con ! », nous nous sommes éloignés l'un de l'autre. J'ai fait dix pas et je me suis retournée, Wassim aussi. J'ai eu l'impression de voir un nuage dans ses yeux, mais je me suis dit que ce n'était rien, il m'a d'ailleurs adressé un large sourire, a lâché : « Adios, adieu ! » J'ai répondu : « Adieu, adios ! » J'ai rien pigé, je suis trop nulle !

Et, sans doute, n'a-t-il pas voulu que je comprenne ! Wassim avait des secrets, Wassim ne m'a pas confié ses interrogations, mais peut-être n'en avait-il pas et c'est ça qui l'a perdu. Il était prisonnier de ses certitudes, comme Youssef qui croit avoir raison sur toute la ligne et qui n'a plus besoin, pour vivre heureux, de se poser la moindre question. Wassim était sûr de lui (il faut l'être pour poser l'acte qu'il a posé !), mais c'est un garçon sensible et il a sans doute eu peur de se confronter à moi, Myriam l'explosive.

Cher Professeur, votre monde d'adultes semble si compliqué et, plus je grandis, plus j'ai le sentiment que le mien le devient. Il y a quelques années encore, je n'avais aucune de ces préoccupations et l'important était de faire plaisir à mes parents et de m'amuser. Wassim, le petit gars qui me courait derrière dans la cour, est devenu un homme et il porte peut-être une mitraillette en bandoulière. Et Othmane, le taciturne ? Ont-ils tous les deux les mêmes idées que Youssef ? Pourquoi n'est-il pas parti, lui ? Il est facile d'appeler au djihad installé avec des cacahuètes devant sa télé ! C'est qui le lâche ? Le petit gars qui a été trompé, qui veut rentrer au pays et qui se ramasse une balle dans la tête ? Ou le radical qui sème la haine et qui critique les autres en profitant de son confort et de sa famille ?

Encore une chose : pardon d'avoir été grossière à votre cours. Quand je m'énerve, je ne fais guère attention à mon niveau de langue !

Myriam

***

La dispute entre Myriam et Youssef a fait monter notre énervement d'un cran. Youssef tient des propos que nous sommes nombreux à ne plus supporter, mais, à ceux qui lui en font la remarque, il rétorque qu'ils sont racistes. Facile ! Si je ne suis pas d'accord avec toi et que tu es arabe, d'office, je suis raciste ! Youssef mélange tout. Ce n'est pas parce qu'on s'oppose à quelqu'un qu'on déteste ceux qui lui ressemblent. Et Youssef en rajoute une couche : nous sommes racistes et anti-musulmans ! Pourtant, c'est une musulmane qui l'a critiqué. « Mais c'est une fille ! a rétorqué Youssef, et l'avis d'une fille ne vaut rien ! Une vraie musulmane ne critique pas un homme. » « Un gnome, oui ! » a hurlé Lorena.

L'atmosphère entre nous se détériore. Il serait temps que nous passions à autre chose. La situation met en évidence toute une série de non-dits, de la rancœur, des silences lourds de rage. La plupart ne comprennent pas pourquoi Youssef réagit ainsi. Virginie, la sage, affirme que c'est tellement il a mal depuis le départ de Wassim et d'Othmane. Il n'y a pas que Johnny qui souffre, même si lui l'exprime mieux que les autres. Des garçons renfermés comme Youssef doivent avoir plus de difficultés à vivre leurs émotions, mais leur souffrance est aussi grande.

« Ok qu'il sorte son mal-être en étant agressif, mais pourquoi ce discours islamiste ? » a demandé Lorena. Elle a raison ; Youssef a changé depuis quelques mois et il n'a plus les mêmes intérêts que nous. Il ne vient plus à nos fêtes, au cinéma ou boire un verre en ville. Il nous dit qu'il étudie. Pourtant, il ne produit pas des flammes ! Au contraire. C'est un peu comme si notre vie d'ado et ses études ne l'intéressaient plus. Qu'étudie-t-il donc ? Le Coran d'après Leïla. Elle habite pas loin de chez lui et elle nous a dit qu'il était tout le temps à la mosquée où il fréquenterait un groupe de types pas très recommandables. Il paraît que certaines mosquées sont infiltrées par des extrémistes. Le souci avec ça, c'est qu'on met alors tous les musulmans dans le même panier et qu'on oublie que la plupart des mosquées sont des lieux de culte ouverts où chacun cultive son bonheur d'être croyant. Les islamistes sont du pain bénit pour Marine Le Pen et pour ses discours rétrécis : c'est à cause d'eux que l'extrême-droite prend des points, car elle sait utiliser les failles des autres pour ne pas montrer les siennes !

Wassim aurait pu parler avec Youssef. Il n'avait pas peur de rentrer dans le lard de ceux qui l'énervaient et, c'est sûr, les propos de Youssef auraient titillé le besoin de débattre de Wassim. Il faut des arguments pour cela et, dans la classe, à part Lorena, Virginie et Myriam, les élèves sont discrets. Et elles, ce sont des filles à qui Youssef ne veut même pas répondre ! La plupart d'entre nous préfère ne pas avoir d'ennui et il est plus facile de rester dilué dans la masse que de se mettre en avant. Certains pensent que les profs devraient rappeler Youssef à l'ordre et lui expliquer que les valeurs de notre société démocratique ne sont pas compatibles avec les siennes. D'autres affirment que ce serait le braquer et qu'alors il s'enfermerait encore davantage dans le déni de notre mode de vie.

Mohamed ne reconnaît plus son pote et ça lui fait très mal. En plus, ils sont cousins et il a entendu son oncle se plaindre de l'attitude de Youssef à la maison. Il paraît qu'il ne respecte plus ses sœurs, même la plus grande qui a commencé des études de médecine. Le père de Youssef était abattu quand il en parlait à son frère, le père de Mohamed. « S'ils avaient su que je les écoutais derrière la porte, j'en aurais pris une ! » Et s'il l'a fait, c'est parce que Mohamed, comme nous, est inquiet. C'est venu petit à petit et, d'abord, il n'en a pas parlé. Par crainte d'être accusé d'exagération, par pudeur, mais les réflexions que Youssef a eues face à Myriam en ont révolté plusieurs dans la classe. Bébé Cougnou, notre prof de français, paraissait aussi interpellé. Ça va peut-être faire bouger les lignes ; il va en parler à ses collègues, au directeur. Les propos et l'attitude de Youssef deviennent inquiétants. Si lui aussi partait en Syrie pour combattre. Il faut absolument empêcher cela !

***

Cette situation pénible nous amène à dialoguer entre nous. J'ai demandé à mes collègues comment Youssef se comportait à leur cours, s'ils n'avaient pas été témoins de propos extrémistes, d'attitudes insultantes. Il semble se tenir à carreau à tous les cours. Même en histoire où mon ami Aziz, je le sais, invite toujours à la discussion et au dialogue. Le directeur nous l'a dit : des dizaines de jeunes Français sont partis pour la Syrie et la police a appelé chaque école à demeurer vigilante. À eux de tenter de retrouver, voire de ramener ceux qui sont partis, à nous de les prévenir d'urgence si nous soupçonnons la possibilité d'un nouveau départ.

Personnellement, je ne crois pas que Youssef puisse rejoindre Wassim et Othmane là-bas, mais je n'aurais jamais cru que ceux-ci pussent partir. Il faut des faits concrets, des paroles précises et pas plus mes collègues que moi ne pouvons affirmer que Youssef représente un danger potentiel. Le signaler à la police en partant de simples soupçons ne ferait qu'exacerber l'agressivité qu'il alimente pour le moment et ce serait plus dommageable que bénéfique.

Le directeur est de mon avis, mais il nous a demandé de garder un œil sur ce garçon étrange et de lui rapporter tout propos malséant ou toute attitude extrémiste. S'il filait comme les deux autres, nous serions drôlement mal ! Par mesure de précaution, le directeur a décidé de convoquer ses parents pour tenter de mieux comprendre ce que vit leur enfant depuis le départ de ses amis.

J'ai bien tenté de parler à Youssef, mais il est demeuré sur la défensive. Il a baissé les yeux, m'a dit que ce n'était rien, qu'il s'était juste énervé sur Myriam parce qu'il la trouvait provocante et vulgaire, qu'il en avait assez de toutes ces discussions autour de la Syrie et de l'islam, qu'il était à l'école pour apprendre des choses, pas pour discuter de la guerre et de la religion. Je l'ai laissé sortir, je n'en tirerais rien. Plus que ses mots, c'est son attitude qui m'interpelle : il est fuyant, je ne le sens pas, un peu comme s'il voulait éviter tout contact.

J'en ai parlé avec Myriam, « provocante et vulgaire ». Je ne lui ai pas rapporté les propos de Youssef à son égard. Mieux valait éviter une nouvelle éruption. Elle m'a dit qu'avec eux aussi, Youssef n'était guère causant. Son copain, c'était Othmane. Elle m'a appris que, selon Mohamed, Youssef fréquenterait des intégristes de la mosquée proche de chez lui. Des rumeurs... Tout ça me décourage. Je suis professeur de français, pas flic ! Ces informations qui se mélangent et qu'on ne peut pas vérifier obscurcissent plus la situation qu'elles ne l'éclairent. Si Wassim et Othmane se rendaient compte de tout ce que leur départ en Syrie entraîne ! Ils ont bouleversé l'équilibre fragile qui régnait dans leur classe, dans le collège même. Une maman rencontrée dans la rue m'a parlé de l'émotion que vivait son fils qui fréquente pourtant une classe de plus jeunes. « Vous ne pouvez pas vous imaginer tout ce qui circule sur les réseaux sociaux. Ils n'arrêtent pas de parler de ça. Wassim était connu dans tout le collège. Un garçon si ouvert, mais, c'est vrai, dernièrement, il avait changé. Il se montrait distant lorsque nous nous rencontrions. Je ne m'en suis pas formalisée, je me suis dit qu'il jouait à être un homme. Aujourd'hui, j'interprète son attitude autrement. Wassim n'était pas seulement un ado qui jouait au macho. Naïma, la voisine, éprouve un sentiment identique. Wassim, que nous embrassions depuis toujours et qui nous sautait au cou pour un oui, pour un non, en était venu à nous mépriser. »

Un témoignage terrible qui correspond à ce que les parents de Wassim ont raconté au directeur qui les a rencontrés plusieurs fois depuis son départ. Eux aussi avaient mis son attitude différente sur le compte de l'adolescence et s'étaient dit que ça passerait. Je regrette de ne pas avoir encore pu leur parler depuis le début de cette affaire : la famille de Wassim se protège comme elle le peut. Autant que l'école, elle a été la cible de la presse et, malgré ce départ qui les détruit, les parents doivent s'occuper le moins mal possible de la sœur et du frère.

Pareil pour la mère et le père d'Othmane. Venir au collège, rencontrer les professeurs leur fait trop de mal. D'après le directeur qui est en contact avec eux par téléphone, ils sont tous les deux sous anxiolytiques. Dès le premier appel de son fils depuis la Turquie, le père a dépensé une énergie folle pour le retrouver. Leur fils unique ! Il a pris l'avion, a tenté de retracer sa route, est parvenu à Antioche, a visionné une vidéo où l'on voit Othmane et Wassim prendre leur petit-déjeuner dans une cafétéria proche de la gare des bus. Plus rien ensuite. Des passeurs ont dû les prendre en charge et leur faire traverser la frontière.

C’est horrible. Je songe à mes enfants. Comment réagirais-je s’il leur arrivait la même chose ? À ma femme. Comment survivrait-elle à ça ? Myriam m’a dit une phrase terrible à ce propos : « Vous savez, on ne survit pas à un tel drame : chaque jour, il nous fait mourir un peu plus. »

Seule la charia peut conduire un pays. Les autres lois, non inspirées par Dieu, sont des mensonges et des inepties. Que le jugement de Dieu vienne pour détruire les infidèles !

Journal de Youssef

Cher Professeur,

Wassim m'a appelée hier soir. J'en arrive à souhaiter ne plus l'entendre. C'est terrible d'affirmer cela, non ? Mon Wawa, mon ami. Il n'a plus que des mots guerriers dans la bouche. Il m'a raconté l'avance des troupes rebelles. Elles ont pris deux nouveaux villages et les habitants les ont accueillies avec des cris de joie. J'ai frissonné quand il m'a raconté cela. J'ai imaginé Wassim avec une kalachnikov contre la hanche, avançant dans des rues dévastées par des combats. « Tu te bats ? » Je n'ai pas été capable d'en dire plus. Son grand rire rassurant a éclaté. Non, son chef ne voulait pas, il n'était pas prêt pour cela et il demeurait affecté aux services humanitaires. « Je soigne les héros, j'enterre les martyrs ! » Et il a poursuivi sa description horrible : il avait vu un bébé décapité, il avait aidé une femme violée qui se traînait, sanguinolente, sur un trottoir, il avait pansé un vieillard qui s'était pris une balle perdue dans la jambe... J'ai crié « Arrête ! » J'avais envie de dégueuler. Tout ce que vivaient ces pauvres gens pouvait lui arriver à lui et c'est un jour Othmane qui m'appellerait pour m'annoncer que Wassim avait sauté sur une mine, était défiguré, avait été kidnappé par les soldats de Bachar al-Assad, je ne sais quoi encore. « Et Othmane ? » ai-je demandé. Il m'a dit qu'il n'avait plus de nouvelles de lui depuis dix jours. Il avait été muté dans une unité combattante dans la région de Homs où les rebelles avaient perdu de nombreux hommes après une offensive de l'armée du tyran, mais ce n'était qu'un revers, ils se rejoindraient bientôt dans la capitale. Victorieux et fiers d'avoir défendu la bonne cause. Reconnus de Dieu et récompensés pour leurs sacrifices. « Et n'oublie pas, Myriam ! Je t'enverrai des fleurs de Damas ! Des rouges pour te dire la violence de mon amour. Des blanches pour t'en raconter la pureté. » À ce moment-là (juste à ce moment-là, putain !), la communication a été coupée.

Wassim avait prononcé le mot « amour ». J'étais assise dans mon lit, appuyée contre le mur. J'ai laissé couler de longues larmes silencieuses. Je regardais mon portable avec bonheur et tristesse, avec tendresse et rage. Je savais qu'il était inutile de tenter de contacter Wassim. Il m'avait dit ne prendre aucune communication et ne pas écouter ses messages. Il appelait lorsque celui qu'il appelait son chef lui en donnait la permission et son crédit s'épuisait vite. Heureusement, sa mère rechargeait sa carte via Internet pour pouvoir garder le contact avec lui. Pauvres parents ! Quelle fortune cela devait leur coûter ! Ça ne semblait pas préoccuper Wassim le moins du monde.

J'ai pleuré longuement, en silence pour que ma mère n'atterrisse pas dans ma chambre avec des questions foireuses. Elle a remarqué que je vais mal, mais sa seule demande a été que je redevienne un peu plus sérieuse et que je ne nuise pas à mes études. Chez moi, on ne parle pas d'amour et, pour mes parents, il est impensable que j'aie la moindre relation avec un garçon. « Redevenir un peu plus sérieuse », une façon bien hypocrite de me dire de ne pas m'occuper d'amour !

Wassim me tue. Il me décrit des scènes horribles et, ensuite, d'un coup, il m'envoie des fleurs rouges et blanches pour me dire qu'il m'aime. Moi aussi, je t'aime, sale con ! Je t'aime et je te déteste. Mais une chose est sûre : je ne pourrai plus jamais t'accorder ma confiance comme je le faisais avant ton départ.

Cher Professeur, j'ai fait des cauchemars durant toute la nuit. J'ai rêvé de roses blanches qui avaient un visage de jeune fille et, tout à coup, le visage explosait et les roses rougissaient, rouge sang, rouge mort. J'ai dû hurler dans mon sommeil, car ma mère a surgi dans ma chambre en me demandant ce qui se passait. J'étais en sueur. « Un mauvais rêve ! » ai-je répondu et elle a eu cet air plein de sous-entendus que je déteste. Elle est sortie de la pièce en murmurant « Ah, ma fille, ah, ma fille » et en secouant la tête comme une vieille chouette !

C'est trop dur de gérer tout cela à mon âge. Je dors mal, je n'ai plus envie de manger, je suis incapable de me concentrer, j'ai tout le temps envie de pleurer... J'ai surfé sur plusieurs sites médicaux et, d'après ce que j'ai lu, je fais une dépression réactive. Est-ce qu'oublier Wassim me guérirait ?

Je vous remercie pour votre lecture.

Myriam

***

Les nouvelles circulent vite parmi nous, mais nous n'avons pas envie de tout révéler aux profs. Othmane a appelé Chafik. Pour lui dire qu'il ne reviendrait jamais dans notre pays d'infidèles et qu'il n'avait jamais été aussi heureux. Il s'est enfin fait des amis là-bas, il se sent reconnu, pas comme en France où l'on pointait toujours son origine arabe du doigt. À Chafik, il a dit : « L'islamisme, c'est une fraternité mondiale qui écrasera les mécréants et qui gouvernera bientôt le monde.

Prépare-toi à obéir à la charia ! » Chafik était tout retourné par ce discours. Il a répondu à Othmane qu'il ne le reconnaissait pas. L'autre a ri. « Tu ne sais pas ce qu'est l'islam véritable. Tu devrais me rejoindre ici, quitter ton univers de planqué et venir combattre pour Dieu. » Si nous racontons ça à un prof, nous brûlons définitivement Othmane qui passera pour un fou et qui commet un délit en faisant du prosélytisme pour entraîner d'autres ados dans sa cause perdue.

Le prof d'histoire nous a fait la morale à ce sujet ; il avait la voix qui tremblait. Lui, musulman qui nous enseigne la tolérance avec une rare intégrité, est bouleversé par cette affaire et il nous a même avoué qu'il n'arrivait plus à dormir ! Pour le moment, Wassim et Othmane sont considérés comme des victimes, des mineurs abusés par des gens que la police tente d'arrêter en prouvant qu'ils entraînent des enfants dans la guerre. S'ils commencent à nous appeler pour que nous rejoignions le djihad, ils deviennent comme ceux qui les ont poussés vers le combat. Indésirables aux yeux de la loi. À quinze ans ! Passibles d'une peine s'ils rentrent au pays. De toute manière, ils n'y couperont pas ; s'ils reviennent, c'est la police qui les accueillera et ils subiront de nombreux interrogatoires. « Revenir, t'es folle ! Pour me faire mettre en prison ! » Wassim a sorti cette phrase à Myriam. Il n'a pas tort. Nous nous demandons tous comment l'un et l'autre pourront se réintégrer dans notre société après avoir vécu les horreurs qui se déroulent en Syrie. Trouveront-ils encore du bonheur à vivre parmi nous, à vivre comme nous s'ils ont le cerveau lavé par les bêtises qu'on leur serine là-bas ? Chafik se sentait mal après le coup de fil d'Othmane. Difficile d'affirmer « C'est plus mon copain » de quelqu'un avec qui on a passé plus de dix ans sur les bancs de l'école, avec qui on a joué dans la rue, avec qui on a fêté des anniversaires. Chafik s'est mis dans un coin et il a pleuré à la récré : « J'ai juste envie d'aller là-bas pour le chercher, le ramener ici. J'ai juste envie qu'il redevienne comme avant. »

Chaque fois que nous recevons des nouvelles, il y a un blanc. Leur absence que nous arrivons parfois à oublier nous revient dans la tronche comme un coup de poing. Et nos études s'en ressentent. Plus possible de nous concentrer lorsque nous voyons l'un de nous pleurer, lorsque nous croyons que Wassim et Othmane sont en danger de mort. Les profs sont patients et nous ne reconnaissons pas certains d'entre eux ! Cette affaire les ébranle autant que nous et ils comprennent, acceptent de postposer un contrôle ou la date de remise d'un travail. Mais la réalité est là : il ne sera pas possible de reculer la date des examens. Wassim et Othmane nous ont joué un sale tour !

***

J'ai lu la lettre de Myriam avec beaucoup d'émotion. Je n'en reviens pas qu'elle m'accorde autant de confiance. J'en sais plus à son propos que ses parents ! Je lui en ai fait la remarque. Elle a souri et, avec son style bien à elle, m'a répondu : « Et alors ? Vous m'écoutez sans me juger. Ce n'est pas le cas pour eux ! Ils ont toujours quelque chose à corriger dans ce que je leur dis. » Son état nerveux m'inquiète et je lui ai conseillé de consulter un médecin. Elle a éclaté de rire : « *Doctissimo* me suffit amplement. Pas besoin de dire à un étranger ce qui ne va pas. Je me gère toute seule, je l'ai toujours fait, ne vous inquiétez pas. » J'ai sincèrement peur qu'elle craque. À trois semaines de la session d'examens, ça pourrait mettre son année en péril. Mon collègue de mathématiques m'a parlé d'elle, m'a dit que, pour le moment, rien n'allait plus, qu'elle ne réussissait plus des équations qu'elle comprenait l'année dernière. « Elle a un passage à vide, tu ne crois pas ? » J'ai répondu que oui, Myriam n'allait pas bien, qu'elle était très touchée par la situation, qu'il fallait prendre patience. Je n'ai pas voulu en dire plus. Myriam m'a demandé la discrétion. Elle ne veut pas que les autres profs sachent qu'elle perd les pédales, « même si je gère, rassurez-vous, même si je gère. »

On dirait qu'elle ne se permet pas de craquer, de lâcher du lest. Elle veut sans cesse être au top, pour elle-même et pour autrui. Qu'est-ce qui la pousse à dissimuler sa fragilité ? Je lui ai posé la question. Elle a souri, m'a répondu : « Ma fragilité, évidemment ! » Quelle maturité dans la réponse ! J'ai avec elle des conversations plus profondes qu'avec certains adultes. Elle a poursuivi : « Ma fragilité me fait peur, mais, vous savez, je l'aime bien. Je la protège en évitant de la montrer aux autres. Mes coups de gueule, c'est une façon d'écarter ce qui pourrait me faire mal. » Elle m'a dit que Wassim l'avait beaucoup aidée à s'accepter. « C'est un gars qui cherche sans cesse la lumière. Son sourire, ce n'est pas de la tarte. S'il se tourne vers Dieu, c'est pour se placer en pleine clarté. S'il est parti en Syrie, c'est pour ouvrir ce pays à la liberté. Wassim est un idéaliste, mais j'ai l'impression que son idéal s'est retourné contre lui. On n'apporte pas de lumière sur la terre en faisant la guerre et en tuant ses semblables. Maudits soient ceux qui lui ont appris à mal lire le Coran ! »

Myriam bouillonne. Comment réussir des équations au second degré dans un état pareil ? Je me demande d'ailleurs où elle puise la force d'être présente à l'école chaque jour. Je lui en ai fait la remarque et elle m'a donné une nouvelle leçon de vie : « Sans l'école, je plongerais. Je crois que lorsqu'on déprime, on est avant tout un danger pour soi-même. Rester seule m'anéantirait. Dans les classes, les autres me distraient de moi. » « Et vous, a-t-elle ajouté, vous ne pouvez pas savoir combien votre présence apaisante me fait du bien. » Ce sont des phrases pareilles qui donnent envie d'être prof pendant une vie entière !

Je ne suis pourtant qu'un petit bonhomme avec ses faiblesses et ses angoisses. Oh moi aussi, je dissimule bien ma fragilité ! L'engagement de Wassim et d'Othmane en Syrie renvoie chacun à ce qu'il y a de fondamental en lui. Plus question de tricher, car c'est la vie qui est en jeu et celle qu'ils jouent là-bas, du côté d'Alep ou de Homs, c'est aussi un peu la nôtre.

Les médias se sont émus (c'est dire beaucoup de bien d'eux !) au début de l'affaire, mais, aujourd'hui, malgré la douleur, ils nous ont oubliés. Wassim et Othmane ne sont plus à la une et ils y reviendront le jour où l'on annoncera leur mort ou leur retour ! Ce garçon parti là-bas, abandonnant sa petite-amie enceinte, ne reviendra pas. Il a été tué lors d'un bombardement des fidèles de al-Assad. Avec plus de cinquante autres personnes. Une famille pleure, une jeune femme va donner naissance à un bébé sans père. Que lui racontera-t-on ? Que son père fut un héros ? Un martyr de la révolution syrienne ? Ou un pauvre petit crétin qui s'est fait embobiner et qui a été perdre sa vie là-bas ? Dix-neuf ans, c'est trop jeune pour mourir. Il s'appelait Jean-Charles et on a tourné la page de sa vie en quinze secondes au JT.

En sera-t-il de même pour Wassim et Othmane ? Quelques mots et basta, on passera aux nouvelles sportives ou au parcours russe de Gérard Depardieu. Pendant ce temps, vos familles vivent l'enfer. Wassim, Othmane, je voudrais vous appeler, vous demander si vous avez songé aux vôtres quand vous avez décidé de partir.

Je mourrais pour mon Dieu. Chacun devrait pouvoir écrire cette phrase. Seul mon Dieu est Dieu et c'est à Lui uniquement que je dois rendre des comptes.

Journal de Youssef

Cher Professeur,

Je n'en reviens pas encore ! J'en ai mal au ventre. Heureusement que le directeur et vous avez été là ! C'est la honte ! La police va venir chez moi. Comment vont réagir mes parents ? Je n'ai pas encore osé leur en parler. Je ne me calme pas. Quelle conne, cette Adèle, mais quelle conne ! J'ai envie de lui arracher les yeux, mais, promis, je vous ai promis que je n'en ferais rien. Promis, promis. Je vous ai bien compris : elle a fait ça parce qu'elle me voulait du bien et qu'elle avait peur pour moi.

Je récapitule pour essayer d'y voir clair. Il est dix heures trente, je sors du cours de géographie et je m'apprête à profiter de la récré quand, soudain, dans le couloir, comme un missile, l'éducatrice fond sur moi. « Myriam, il faut que je te parle ! Qu'est-ce que c'est que cette histoire ? Tu veux partir en Syrie ? La police va venir chez toi. Ils veulent t'interroger. » Gloups. Du grand délire !

Je n'arrive pas à trouver un mot pour lui répondre et j'observe ses petits yeux gris qui me fusillent comme si j'étais la fille d'Oussama Ben Laden. À son haleine, sûr qu'elle a encore fumé en cachette ! Ah, les adultes qui nous interdisent ce qu'ils ne s'interdisent pas à eux-mêmes !

J'arrive à reprendre mon souffle, mais elle ne me laisse pas le temps de lui répondre. « Si tu as un problème, il fallait m'en parler. Tu sais bien que je suis à votre écoute. Je suis très inquiète. La police aussi. Il va falloir fournir des explications. » Pire qu'une mitraillette. Chère Madame, comment voudriez-vous que je vous parle si vous prenez toute la place ? Je dis : « Non, c'est du vent. Je ne veux pas aller en Syrie. Je ne sais pas d'où vous sortez ça. » Elle : « Je ne peux pas te le dire, secret de l'enquête. » Police, enquête ? Mes tripes se tordent, je n'ai rien fait et je n'y comprends rien. Panique. Elle : « Viens me parler quand tu veux. Nous serons plus tranquilles dans mon bureau que dans le couloir. » Ça, tu l'as dit, Irma ! Pourquoi bousilles-tu ma récré en m'agressant avec aussi peu de tact ? Elle s'en va, mission accomplie, pour s'occuper sans doute d'autres candidats au suicide.

Heureusement, Ferda est à côté de moi. Elle a tout entendu. Elle n'en revient pas plus que moi. Je suis stone. D'où l'éducatrice sort-elle ce délire ? Et la police, c'est vrai ? Je parle de vous, je dis qu'il faut que je trouve quelqu'un pour me calmer.

Ferda me demande si je désire qu'elle aille voir si vous êtes à la salle des profs. Elle sait (comme d'autres qui m'en ont fait la remarque !) que je vous parle souvent. Myriam, la chouchoute de Bébé Cougnou ! Vous connaissez le surnom qu'on vous donne, n'est-ce pas ? Mes jambes ne me portent plus, ma tête tourne. Je fais signe que oui et je me laisse glisser le long du mur. La fraîcheur du sol me fait du bien. Je suis ailleurs.

Vous m'avez trouvée là, quelques minutes plus tard. Indifférente, sonnée. J'étais en train de songer que je ferais bien de devenir comme Meursault, le personnage de L'étranger *que nous avons lu en classe. Qu'ils me coupent la tête et qu'ils soient nombreux pour m'accueillir avec des cris de haine ! Votre voix m'a sortie du brouillard. Vous m'avez tendu la main pour m'aider à me relever. J'ai tout à coup eu fort, très fort envie de pleurer, mais je suis Myriam et je me suis retenue. Ferda m'a dit : « Ça va ? ». La sonnerie de fin de récré a retenti. « Vas-y, ai-je répondu, merci. Va en classe, prends note pour moi. » Vous avez déclaré à Ferda de ne pas s'inquiéter, vous étiez libre et vous alliez vous occuper de moi.*

Cher Professeur, je crois que je vous serai reconnaissante toute ma vie pour ce que vous avez fait pour moi ce matin. Vous m'avez écoutée, m'avez promis des explications claires, m'avez ramenée au cours d'histoire, vous êtes allé trouver l'éducatrice et le directeur pendant que je me rongeais les ongles de nervosité. En Syrie, moi ? Qui avait pu raconter cela ? À la fin de l'heure d'histoire, vous étiez là dans le couloir, vous m'attendiez. « Le directeur veut te parler. Ne t'inquiète pas. Tout va bien. » Je vous avoue que je vous ai suivi avec appréhension. Le directeur, ce n'est pas ma tasse de thé ! Le mec aux sourcils rapprochés et au sourire à l'envers qui vous regarde passer dans la cour pour vérifier si vous avancez au pas. Le mec dans l'entrée, le matin, avec des poches revolvers sous les yeux qui vous grogne un bonjour froid pour vous souhaiter la bienvenue dans sa caserne. Brrr... Mais, c'est vrai, depuis le départ de Wassim et d'Othmane, je découvre, derrière ses traits tirés par la rigueur, un visage humain.

Il m'invite à m'asseoir. Il est installé derrière son grand bureau couvert de dossiers. Il me dit d'emblée avec un sourire (ça alors, je n'en reviens pas !) de ne pas me faire de souci, qu'il n'y a rien de grave, qu'il va tout m'expliquer depuis le début. Et il se lance dans un résumé précis et minutieux de ce qui a amené mon éducatrice à m'annoncer la nouvelle du jour ! Il y a deux semaines, sur Facebook, *j'ai dit à Adèle que j'en avais marre, que je voudrais rejoindre Wassim en Syrie pour le tirer de cette merde. Une phrase parmi d'autres. Adèle (merci, tu vas m'envoyer la volaille !) m'a prise au sérieux, a parlé de notre échange à son éducateur qui a transmis à mon éducatrice et, puisque enquête il y a, toutes les données chaudes filent sur le bureau de l'inspecteur chargé du dossier Wassim, Othmane et consorts. Les services sociaux de la police ne veulent prendre aucun risque de perdre un nouveau jeune là-bas et ils vont me contacter pour en savoir plus. « Rien de grave, tu vois, mais nous sommes obligés de prendre des précautions. Si tu partais là-bas sans que je ne fasse rien, je m'en voudrais pour le restant de ma vie » a conclu le directeur. Conne d'Adèle, mais surtout conne de moi qui suis allée écrire cette phrase sur Internet. « Sur la Toile, de toi, aucune trace ne s'efface ! » Une phrase de Wassim. Je ne me suis jamais autant rendu compte combien il avait raison !*

J'ai rassuré le directeur, je vous ai rassuré aussi sans doute. Non, je ne suis pas idiote. Je n'irai pas là-bas, sauf si un jour le pays retrouve la paix pour y découvrir les lieux où Wassim et Othmane se sont engagés. Et encore ! Ça me rappellerait trop de mauvais souvenirs.

Le directeur m'a franchement bluffée. Il m'a réellement écoutée, ne m'a pas interrompue et j'ai senti combien j'avais de la valeur à ses yeux, combien la situation l'inquiétait. Il m'a dit qu'il ne voulait rien me dissimuler des dessous de l'enquête. « Nous sommes tenus de transmettre chaque détail à la police, Myriam. Adèle a eu peur pour toi. Ne lui en veux pas. Imagine-toi à sa place ! Si tu avais pensé qu'elle allait s'envoler pour la Syrie, ne l'aurais-tu pas dit ? » Adèle, je t'enverrais bien en Syrie pour la trouille que tu m'as fait subir, mais le directeur a raison : j'aurais agi comme toi.

J'étais rassérénée quand vous et moi sommes sortis de son bureau. « Ça va mieux ? » m'avez-vous demandé. J'ai souri. L'éducatrice nous a rejoints. « J'ai appris que tu étais passée chez le directeur avec monsieur. Ça va ? » Au fond, elle est attentionnée, mais je n'accroche pas avec elle. Peut-être parce qu'elle doit s'occuper de trop d'élèves. Franchement, cher Professeur, je vous remercie. Je suis une privilégiée. Si vous deviez consacrer autant de temps à chaque élève que vous m'en accordez pour le moment, vous auriez des journées de quarante heures !

Merci, merci ! Quelle longue lettre bavarde ! J'avais besoin de mettre tout ça sur papier. Pour y voir plus clair. L'écriture permet de se poser et de ne pas oublier.

Myriam

***

Myriam en Syrie ! C'est la meilleure. Nous n'imaginons même pas une femme là-bas. Si on ne les tue pas, on les viole et ça revient au même. Nous avons entendu que certaines partaient là-bas pour « se marier » avec les héros. Un mariage vite fait et elles couchent avec l'un avant « d'être mariées » avec un autre et de coucher encore. Comment ces pauvres filles peuvent-elles accepter cela ? Que leur a-t-on mis dans la tête ? Il paraît qu'il faut encourager les combattants. Lorsqu'elles sont enceintes d'on ne sait qui, on les renvoie dans leur pays ou on les abandonne dans leur misère ! Cela peut-il être réel ?

Il règne dans le collège un vent de panique que le moindre nuage ravive. *Facebook*, c'est un piège. On y trouve tout et n'importe quoi et on y communique sans penser que les écrits restent. Myriam sort une connerie à Adèle et c'est la cata. Elle va avoir les flics chez elle. Comme si elle avait besoin de cela ! Ses parents ne sont pas du genre à rigoler avec un sujet comme les kamikazes.

Elle aurait dû se méfier. Dès l'annonce du départ de Wassim et d'Othmane, des gens ont écrit n'importe quoi sur le net. Et ce sont en général les plus cons qui se lâchent le plus. Il y a eu des commentaires dégueulasses de racistes qui auraient mieux fait de se rincer la gueule avant de tchatter. Genre : « Qu'ils aillent s'envoyer en l'air là-bas ! », « Deux terroristes de moins en France. », « Collège islamiste en métropole. » Comme si notre école et nos amis étaient des déchets de la République ! Au début, certains d'entre nous ont répondu, mais les profs nous ont invités à la retenue. Si tu es plus violent que celui qui t'agresse, c'est toi qui finis par avoir tort. Le directeur en personne est venu en classe pour nous féliciter de ne jamais avoir été grossiers, même si nous étions en colère.

Internet, c'est un bonheur et une poisse. Tu lances une rumeur et elle court plus vite que la vitesse de la lumière sans que personne ne vérifie rien. Il reste à espérer pour Myriam que certains n'aient pas l'idée de se faire mousser avec ce qu'elle a écrit. « Une nouvelle élève sur le départ, une jeune fille candidate kamikaze » ou des conneries du genre.

Hier, le prof de mathématiques nous a donné notre matière d'examen. Ça faisait surréaliste, mais, la tête ailleurs, nous avons noté comme des élèves sages et respectueux. Nos études pâtissent de cet état d'excitation permanent. Même à la maison, certains d'entre nous ne parlent que de ça. Mohamed, par exemple. Il nous a dit que le directeur avait longuement discuté avec son oncle, le père de Youssef. Tout le monde est inquiet pour lui et son père a avoué au directeur qu'il n'arrivait plus à nouer aucun contact avec son fils, que celui-ci se réfugiait dans la prière. L'oncle en a parlé avec Mohamed, mais lui aussi – comme nous tous d'ailleurs – est impuissant. Youssef se referme sur lui et semble ne plus vouloir entendre le moindre raisonnement. S'il n'écoute même plus son père ! Sa situation nous paraît plus inquiétante que celle de Myriam et, pourtant, c'est d'elle que la police se préoccupe. Parce que, dans son cas, il y a du grain à moudre, un fait concret, une phrase sur *Facebook*. Les silences de Youssef « parlent » en sa faveur... Il aime l'islam et n'a jamais fait allusion au moindre départ. On ne peut lui reprocher que son obscurantisme et son manque d'assiduité aux études. Ce sont aussi des faits concrets, non ? Ils ne semblent pourtant pas intéresser la police.

Mohamed nous a dit que Youssef est de plus en plus souvent à la mosquée, qu'il file parfois là-bas dès la sortie de l'école. Son père est allé voir l'imam qui s'est montré rassurant : certes, il y a quelques fondamentalistes qui fréquentent son lieu de culte, mais le message qui y est offert aux croyants est tolérant. Il a promis d'être vigilant. Ça n'a pourtant pas rassuré le père. Son fils change, coupe lentement tous les ponts avec le réel. Le soir, il ne regarde plus la télé avec eux. Il s'enferme dans sa chambre pour écrire et pour prier. Youssef a seize ans. Mohamed a conclu en affirmant que c'était con de ne pas profiter de son adolescence, que, plus tard, il le regretterait. Il l'a dit à Youssef qui lui a répondu que, plus tard, c'était lui qui regretterait d'être un mécréant. Pourquoi la police ne fait-elle rien pour le rendre raisonnable ? Évidemment, ça n'entre pas dans ses missions.

***

Qu'est-ce que Myriam m'a fait peur ! Ferda est venue me chercher à la salle des profs en me disant que Myriam était mal, au bord de l'évanouissement dans le couloir et qu'elle voulait me parler. J'entends ses mots pressés : « L'éducatrice l'a accusée de vouloir partir en Syrie. Il faut l'aider, monsieur. »

J'ai obtenu quelques explications plus tard, auprès de ma collègue éducatrice d'abord. La police voulait qu'elle interroge Myriam qui aurait annoncé ce désir sur *Facebook*. Elle avait eu peur elle-même, avait couru vers la cour pour vérifier si Myriam était au collège. « Soulagée de la voir, tu ne peux pas savoir, on devient tous paranos avec cette histoire !

Je suis son éducatrice et je ne me serais rendu compte de rien ! » Elle avait évité de lui préciser que c'est via *Facebook* qu'on avait appris cela. Pour empêcher qu'elle s'en prenne à Adèle. « Tu sais, Myriam, c'est un tigre quand elle en veut à quelqu'un. »

Tout va très vite ensuite. Je dis que je crois qu'il vaut mieux qu'elle sache. Nous en parlons au directeur. Il est de mon avis. « Si elle croit qu'on lui dissimule une part de la vérité, elle perdra toute confiance en nous. Je vais la voir. Je lui expliquerai qu'Adèle a agi en songeant à son bien. » L'éducatrice ne peut pas être présente à l'entretien ; elle a un rendez-vous avec des parents d'élèves. Le directeur décide de postposer une réunion. « Rassurer cette jeune fille est plus important. Va la chercher. » J'ai toujours été ébahi par les qualités humaines de cet homme, par sa capacité d'être à l'écoute et de se rendre proche de l'autre.

Quand nous sommes sortis de son bureau, après un entretien de plus de vingt minutes, Myriam a poussé un profond soupir. « Je suis apaisée, vous ne pouvez pas savoir. Qu'est-ce que j'ai eu la trouille ! » Mais la police viendra chez elle, pour l'interroger, pour savoir pourquoi elle avait écrit cela. « J'étais mal, ce soir-là, j'ai écrit ces mots sans même y réfléchir. Putain, quelle galère ! »

Je songe à la phrase d'Estelle, ma collègue éducatrice : « On devient tous paranos avec cette histoire. » Elle n'a pas tort. La crainte d'un nouveau départ hante les esprits. Mohamed m'a parlé de son cousin Youssef. Il m'a dit que plus personne n'avait de prise sur lui dans la famille. Ses parents sont inquiets. Ceux de Youssef encore plus. Le père de Youssef a contacté un imam pour le raisonner. Faudrait-il dans son cas aussi prévenir la cellule spéciale de la police ? Youssef se replie sur lui, certes. Il semble rejeter ses amis. J'ai tenté de lui parler et il m'a répondu durement : « Je n'ai pas le droit de penser ce que je veux, monsieur ? Je n'ai pas le droit d'aimer mon Dieu ? Ne vivons-nous pas en démocratie ? » Pas facile, le bonhomme ! « Tu dois comprendre que, dans la situation actuelle, nous nous inquiétons pour vous tous, que nous ne voudrions pas que l'un de vous rejoigne Wassim et Othmane là-bas. » Il m'a répondu qu'il ne comprenait pas qu'on s'acharne tous, parents, profs, élèves, à vouloir les faire revenir : ils ont fait un choix et Youssef ne comprend pas pourquoi nous ne le respectons pas. « Parce qu'ils sont mineurs ! Parce qu'ils n'ont pas le droit de gâcher leur vie ainsi. Ni celle de leurs proches. » Youssef a fait la moue et m'a déclaré que je ne comprenais pas Wassim et Othmane parce que je n'étais pas croyant : « Lorsqu'on fait le choix de Dieu, il faut pouvoir quitter sa famille et ses amis. Wassim et Othmane sont admirables. »

Il n'est pas le seul à le penser. Lorena et Samia, tolérantes et ouvertes à l'opinion des autres, ont affirmé éprouver la même admiration à leur égard. « Dans les textes que nous lisons en classe, les auteurs mettent en évidence les valeurs de l'engagement : Malraux, Sartre, Éluard... Pourquoi nos amis qui agissent comme les héros de ces livres n'auraient-ils pas droit à notre respect ? Pourquoi les présenter comme des délinquants alors qu'ils sont prêts à donner leur vie pour les autres ? » Le débat qui a suivi a été houleux. Donnent-ils leur vie pour la liberté ou pour leur Dieu ? Et, sans cesse, je revenais avec l'idée que Wassim et Othmane sont mineurs et qu'ils n'ont donc rien à faire dans une guerre. Les enfants-soldats, c'est une honte ! Nous ne sommes pas parvenus à une conclusion qui satisfasse tout le monde : il y avait deux clans dans la classe, ceux qui les trouvaient admirables et ceux qui, en haussant les épaules, affirmaient qu'ils étaient avant tout victimes d'une manipulation.

La police a avancé sur cette piste. Ils commencent à mettre à jour un réseau souterrain qui a tissé ses mailles dans toute l'Europe. Ils ont arrêté des islamistes en Belgique, un groupe qui organisait, presque à la manière de voyages organisés, des départs vers la Syrie. Là-bas aussi, le fléau a fait des victimes. Des adolescents en perte de repères, en quête d'une image du père et d'absolu. Que recherchent ces gens-là qui conduisent nos jeunes au suicide? Je n'ai jamais compris les extrémismes de tous bords; il paraît si évident qu'ils n'amènent que ruine et désespoir. Et pourtant, ils séduisent. Les Le Pen et Al Qaïda cultivent la même haine de l'autre et sont une honte pour l'humanisme. L'Histoire se répète et les visages de l'horreur se cachent sous d'autres masques. C'est ce qui désespère mon collègue d'histoire: «Je leur parle des crimes du nazisme qui dégoûtent toute la classe et, l'heure suivante, certains déclarent qu'ils voteraient Front National, que ce n'est pas la même chose. Ça me met en boule, tu ne peux pas savoir!» Aziz est désabusé: il m'a avoué avoir le sentiment que son cours était inutile. Comme si notre société consumériste abêtissait les jeunes en les appâtant avec ses fausses lumières. «Réfléchir, nuancer, argumenter demandent du temps et du recul et nous vivons le nez dans le guidon.» Il a soupiré. «Comment l'école peut-elle encore remplir sa mission dans cet univers-là?» a-t-il conclu.

Où va donc notre société qui semble ne plus avoir de gouvernail? Chacun tire la couverture à lui en accusant les autres de ses malheurs. Ce n'est pas ainsi qu'on se construit. En allant combattre en Syrie, Wassim et Othmane ont réveillé bien des démons qui sommeillaient. L'émotion et la douleur ravivent les plaies qu'on croyait guéries. Je me revois ado, en quête d'idéal, rêvant de liberté pour les peuples, arborant avec fierté le visage de Che Guevara sur la poitrine, m'enroulant un keffieh palestinien autour du cou pour dire mon désir que ce peuple possède un pays. J'ai toujours été du côté des faibles et je me rends compte que cela se devine dans le choix des textes d'auteurs que je fais pour mes classes. Il faut s'engager, certes ! Je me suis toujours engagé dans mes mots, sans payer de mon corps, de ma vie. Wassim et Othmane sont allés au-delà et ça pose question.

Ils m'ont dit que mes parents étaient des impies, ils m'ont dit qu'il valait mieux déchirer leurs photos, les oublier, ils m'ont dit qu'eux, les vrais croyants, étaient ma nouvelle famille et qu'ils me conduiraient à Dieu, mais qu'il fallait quitter les miens pour cela.

Journal de Youssef

Cher Professeur,

Je voudrais tant pouvoir vous écrire une lettre joyeuse ! Jusqu'à présent, je ne partage avec vous que mes soucis. Vous le savez, j'aime l'écriture, car, comme je vous l'ai dit tout au début de cet échange, elle permet de se poser, de réfléchir, de laisser une trace sur laquelle on peut revenir. Écrire met de la distance entre les émotions et soi. Je me demande comment je supporterais cette tempête si je ne pouvais pas m'en extraire en prenant mon stylo. Vous savez, malgré les apparences, je suis aussi une fille joyeuse !

Mais – et les textes que vous nous donnez à lire le confirment – on n'écrit pas lorsqu'on est heureux. J'ai l'impression que l'envie d'écrire, de s'exprimer, de créer une histoire naît avant tout d'un manque, d'une angoisse. Sans malheur, rien à dire. Avant que Wassim ne parte, tout allait bien dans ma vie et j'avais cessé d'écrire. Je me disais : « À quoi bon ? Que raconter ? » Ça me manquait un peu, mais sans plus et, sincèrement, je préférerais que ça me manque encore, que tout redevienne comme avant, avec mon Wawa près de moi lorsque je me prends la tête pour des riens, avec mon Wawa pour échanger de grandes idées autres que les actualités de Koh Lanta *et les éliminés à* The Voice *!*

Connaissez-vous des écrivains du bonheur ? Pourriez-vous m'en conseiller ? Je me demande ce qu'on peut bien raconter quand tout va sur des roulettes et que notre vie nous remplit de joie et de plénitude. Il paraît que pour s'épanouir il faut s'imprégner des petites choses qui sont autour de nous et qui rendent notre existence plus belle. Des toutes petites choses. Genre la lumière du soleil par la fenêtre, le chant du pinson dans le jardin, le sourire de la vieille femme dans le bus... Ça semble si facile, mais je n'y arrive pas.

Les flics sont venus à la maison. Vous imaginez le stress et la colère de mes parents ! Ils me considèrent désormais comme une délinquante. Tout ça pour une phrase sur Facebook. *Mon père m'a dit calmement (et c'est ça qui m'a fait le plus mal) : « Il ne faut pas amener la honte à la maison, ma fille. » Les policiers se sont pourtant voulus rassurants. Ils ont expliqué à mes parents que ce n'était qu'une enquête de routine, qu'ils vérifiaient toutes les pistes possibles pour dénicher des infos sur Wassim et Othmane, qu'ils tentaient d'empêcher de nouveaux départs, que c'était leur rôle : je n'avais rien commis d'illégal, mais j'étais peut-être en danger et ils ne pouvaient pas fermer les yeux sur cela. Je les ai rassurés. Je n'étais pas folle ! Ils m'ont écoutée et ont conclu qu'ils me faisaient confiance : ils avaient reçu une copie de mon bulletin et avaient demandé au collège le relevé de mes absences. Avec plus de 80% et un demi-jour d'absence depuis le début de l'année, j'avais plutôt un bon profil ! Je n'en suis pas revenue qu'ils soient allés jusque là. J'ai tout à coup pris conscience que cette affaire était sérieuse, très sérieuse et que des hommes et des femmes passaient leur temps à tenter de trouver une solution. Wassim et Othmane n'étaient pas seulement deux ados en fugue, c'était une affaire d'État !*

À la fin de la conversation, ils m'ont, mine de rien, interrogée sur Youssef. La question était posée de manière trop légère pour ne pas être importante. « Et ton copain Youssef, il ne voudrait pas partir, lui ? » J'ai précisé à l'inspecteur que Youssef n'était pas mon copain et que je n'avais rien à voir avec lui, qu'il tenait des propos débiles et que si on le suivait, la France serait un califat. J'ai fait sourire le flic quand j'ai dit « Youssef, c'est Marine Le Pen à l'envers. Il n'aime pas les blondes. » Son copain s'est levé (c'était lui le chef, ça se sentait) et m'a dit que je les avais rassurés. L'autre m'a tendu une carte avec un numéro de téléphone où je pouvais les appeler si j'avais un souci. Ils ont salué mes parents, les ont remerciés et sont partis. Ils avaient à peine fermé la porte que mon père m'a demandé d'une voix sourde : « C'est qui ce Youssef ? Encore un terroriste ? »

Je voulais, dans cette lettre, ne vous parler que de lumière et je n'ai pas pu m'empêcher de revenir à l'histoire de Wassim et d'Othmane ! De Wassim, ça fait dix jours que je n'ai eu aucune nouvelle. Je suis inquiète, mais je préfère ne pas en parler. Et j'essaie de regarder les beautés de la vie : c'est dur, car le visage, les yeux, les intonations de la voix de Wassim reviennent tout le temps et cassent mes instants de sérénité. Que je lise, que j'étudie, que j'écoute de la musique, que je regarde la télé, il est là, entre les notes, entre les lignes ! On dirait qu'il m'appelle, qu'il a besoin de moi ! J'imagine mal ce que doivent ressentir sa sœur, son frère et ses parents. L'absence de Wassim doit bouffer leur vie. Quel con ! S'il revient, je vous jure, je lui donnerai des baffes et je lui apprendrai à réfléchir avant de poser un acte !

Bon, j'arrête ! Je suis décidément incapable de demeurer branchée sur la joie de vivre et sur le bonheur.

Myriam

***

Othmane aurait été blessé. Sa mère l'a dit à celle de Chafik qui vient de nous l'apprendre. Il serait dans un camp du *Croissant rouge*, brûlé au visage et sur plusieurs parties du corps, vilainement. Ça nous a fait un choc terrible. Nous n'avons pas trouvé un mot pour exprimer notre émotion. Les profs non plus. Ce que nous redoutions serait arrivé. Sa mère parle de prendre l'avion pour le rejoindre, mais comment passer en Syrie sans se faire tuer elle aussi ? Son père a pété une durite. Il est en congé maladie, complètement à l'ouest chez lui à répéter sans cesse le prénom de son fils. C'est un inconnu qui a contacté la famille. « Votre fils est dans un sale état, mais c'est un martyr et, s'il meurt, il a son ticket pour le paradis d'Allah. Il a demandé de vous dire qu'il vous aime. » Choquée, la maman ! Par la nouvelle et par la manière dont celle-ci lui a été transmise. Par les mots : « Il a son ticket pour le paradis d'Allah ! » Le type a encore dit : « Je m'appelle Abdel, je viens de Montrouge. » Mais s'agit-il bien d'Othmane ? Sa mère ne peut y croire tant qu'elle ne l'aura pas vu. Nous, non plus. Si cet Abdel l'avait confondu avec un autre ?

Lorena a éclaté en sanglots au cours de français. Ce n'était pas possible. Elle connaît Othmane depuis plus de douze ans ! Ce qui nous choque, c'est de prendre conscience qu'une personne de notre groupe pourrait disparaître. « Mourir » a dit le prof en précisant qu'il était désolé, mais que nous ne pouvions plus nous voiler la face et qu'il valait mieux employer les mots justes pour affronter le néant. « Si Othmane meurt, je crève ! » a hurlé Lorena que Virginie a dû accompagner à l'infirmerie, car elle ne pouvait pas se calmer.

Dans l'école, il règne un étrange silence. Même les petits sont plus calmes que d'habitude comme s'ils prenaient conscience de l'importance de la nouvelle. On se croise sans oser de commentaire, comme si déjà tout le monde portait le deuil de notre ami. « Mais il n'est pas mort ! S'il est dans les mains du *Croissant rouge*, il sera rapatrié dès qu'il sera transportable » a précisé le directeur qui est passé dans la classe. Une manière de nous consoler, de nous faire voir la vie en rose ?

Une nouvelle fois, celui qui nous a le plus étonné, c'est Youssef. Chafik a annoncé la nouvelle à ses amis en arrivant à huit heures. Celle-ci s'est répandue comme une traînée de poudre et, lorsque le prof d'anglais est venu nous chercher dans la cour, tout le monde était déjà au courant. Youssef était là, parmi nous, écoutant le malheur qui s'installait à la vitesse de la lumière, sans broncher, sans réagir, mais de plus en plus pâle. Il s'est appuyé contre le mur et s'est laissé glisser vers le sol, les yeux dans le vide, marmonnant des mots où nous avons cru reconnaître des prières. Blanc comme un linge, il a refusé de suivre le prof qui s'est penché vers lui, marmonnant toujours, en état de choc. L'éducatrice a appelé une ambulance.

Que lui arrive-t-il ? Où est notre Youssef sans émotion, fier porte-parole de l'islam djihadiste ? C'est vrai, Othmane était son copain et le savoir blessé doit le bouleverser, mais à ce point ! Chacun a ses secrets, mais Youssef semble en avoir plus que nous ! Pour la première fois depuis leur départ, c'est Othmane qui fait la vedette, pas Wassim. Le taciturne, le discret a pris le pas sur la grande gueule sympathique. Wassim est-il au courant ? Comment le pourrait-il alors qu'ils sont à des endroits différents du pays ?

Nous sommes dans le monde de l'info express et nous sommes malades de ne pas en apprendre plus. Un tweet, un texto, un appel téléphonique, un mail, un entretien sur Skype... Othmane, dis-nous comment tu vas ! Mais la Syrie est en guerre et c'est déjà un miracle que cet Abdel de Montrouge ait prévenu les parents. Quand est-ce arrivé ? Il y a un, deux, trois jours ? La mère d'Othmane n'en sait pas plus. Elle a tenté de rappeler le numéro de portable qui s'était affiché sur son écran. En vain. Pas de réponse sur le numéro d'Othmane non plus. Elle doit être plus morte que vive et elle ne peut rien faire. Sans compter que son mari pédale dans la farine. Au secours ! Que ceux qui croient en Dieu lui demandent d'avoir pitié d'elle et de sa famille.

***

La vie accélère parfois. Trop vite. Beaucoup trop vite. Quand arrive ce qu'on croyait impensable. L'émotion s'est abattue sur l'école comme un brouillard à couper au couteau. Le bâtiment et les esprits sont envahis par le poids terrible de la nouvelle. Celles et ceux qui croyaient encore que ce combat était un jeu, que cette fugue en Syrie n'était pas tout à fait réelle viennent de prendre un coup de poing dans la figure. Othmane serait dans un état critique, quelque part sous une tente de fortune dans le désert syrien. Une vie pourrait s'arrêter à quinze ans parce qu'un enfant a été trop naïf et a cru aux salades assassines propagées par des criminels qui se protègent derrière le rempart de leur religion. Une autre question est déjà sur toutes les lèvres : « Et Wassim ? » Les esprits se rassurent en affirmant qu'il n'est pas dans une unité de combat, mais, on le sait, ni les civils, ni les écoles, ni les hôpitaux ne sont protégés dans cette guerre aveugle et sans merci.

Tous les titulaires de classe se sont réunis avec l'équipe de direction. Une consigne : soutenir les élèves, les écouter, dialoguer avec eux. Une grande partie d'entre eux est submergée par l'émotion et tient des propos très durs à l'égard des islamistes, fauteurs de troubles et semeurs de mort. Les musulmans sortent de la réserve qu'ils ont observée jusqu'à présent : l'islam, ce n'est pas la guerre, c'est une religion d'amour et ils n'en peuvent plus d'être réduits à ces groupuscules qui développent la haine et la violence. D'autres élèves prennent du recul, réfléchissent déjà. « On entend parler des guerres en mangeant notre soupe, avec indifférence. Soudain, quand un ami en est victime, elles prennent une autre réalité, elles deviennent réelles et elles sont atroces ! » Le directeur est passé dans chaque classe. Je me demande comment il tient le coup, car l'école et sa gestion ne se résument pas à la Syrie, à Wassim et Othmane. Il est sur tous les fronts à la fois, attentif à chacun malgré tout, complètement épuisé sans doute.

Il est aussi allé voir Youssef à l'hôpital. Qu'est-il arrivé à ce sombre gamin ? Le directeur est revenu, perplexe. « Il parle peu, est figé dans son lit, regarde le plafond, ne répond pas aux questions qu'on lui pose. Hier, il a pleuré longuement et un mot revenait sans cesse dans ses sanglots : « Pardon, pardon, pardon ! » Qu'a-t-il besoin de se faire pardonner ? N'est-il pas, comme tant d'autres une victime de manipulateurs sans âme ? En état de choc, selon les médecins qui ne comprennent pas la violence de la réaction suite à la nouvelle entendue. Son père et sa mère sont à ses côtés, désemparés, inconsolables. »

Les rumeurs les plus folles courent. Youssef s'apprêtait à partir pour la Syrie et il a soudain pris conscience de la réalité. « En fait, il a la trouille ! Il vient de se rendre compte que la guerre, c'est pas du gâteau ! » a lancé Didier. Peut-être. Mohamed, qui le connaît mieux, affirme qu'autre chose est en cause. Un drame. Les intégristes qui ont tourné la tête de Youssef doivent en savoir plus, mais ces gens-là sont comme des anguilles. Ils disparaissent lorsqu'ils sentent le danger et ils laissent les autres morfler à leur place. Les élèves musulmans les détestent, mais ils en ont aussi peur. « Ce sont des tarés, a dit Chafik, ils insultent les filles non voilées de putes et les garçons de chochottes et de pédés s'ils ne pensent pas comme eux. On ne leur répond pas pour éviter la bagarre. Résultat des courses :

ils demeurent persuadés d'avoir raison. Ils ne comprennent que la loi du plus fort et la violence : il faudrait qu'un imam vienne leur casser la gueule, mais ce n'est pas une attitude de musulman ! »

Ma femme est fatiguée de m'entendre raconter mes journées scolaires ! Deux ados partent au martyre et des dizaines de vies sont bouleversées. Elle m'invite à prendre de la distance, à penser à autre chose, mais comment ? Nous nous apaisions un peu, même Myriam avait réussi à m'écrire une lettre plus joyeuse, plus ouverte et voilà que la nouvelle tombe comme un coup de massue. C'est d'autant plus pénible qu'on ne peut pas avoir de confirmation et de certitude. S'agit-il bien d'Othmane ? N'a-t-il pas été confondu avec un autre ? « Cette histoire vous saoule. Vous perdez le contact avec la réalité. Excuse-moi de te faire remarquer cela, mais, dans le monde, il n'y a pas que la guerre en Syrie. » Elle a raison et, pourtant, la guerre en Syrie est devenue nôtre depuis qu'elle fait des ravages dans nos rangs.

Je m'en veux. Qu'Allah me vienne en aide! Je devrais avoir rejoint Wassim et Othmane au paradis des combattants. Mourir avec eux et avec mes prières.

Journal de Youssef

Cher Professeur,

Ce n'est pas la gloire ! Wassim est dingue. Il m'a appelée et je lui ai appris qu'Othmane est grièvement blessé. Il m'a répondu qu'il l'enviait !!! Taré, oui, je le lui ai gueulé dans l'oreille. Il ne s'est pas démonté. Selon lui, la tarée, c'est moi et mes petites préoccupations de bourgeoise alors que l'islam est en guerre contre le non-sens de l'Occident qui soutient des barbares comme al-Assad en ne fournissant pas d'armes aux rebelles, en abandonnant la Syrie à la férule d'un tyran. Nous nous sommes disputés et j'ai eu de la chance que mes parents n'aient rien entendu (ils étaient au rez-de-chaussée), car j'ai gueulé. Je ne reconnais plus mon Wassim. Lui sensible à tout être devenu un tel monstre sans sentiment ! Qu'il crève pour son faux islam si ça l'amuse !

Vous rendez-vous compte de ce que j'écris ? J'en pleure, mais Wassim fait mal à mon amour et à ma religion. L'islam, ce n'est pas ces guerres et ces horreurs sans fin. L'amour, ce n'est pas quitter ceux qui vous aiment pour aller se faire tuer dans le désert ! J'ai dit à Wassim que même un foireux comme Youssef se montrait plus sensible que lui, qu'il était à l'hôpital tellement il s'était senti mal quand il avait appris la nouvelle. Et là, deuxième baffe dans la gueule : « Youssef, ce lâche, a rétorqué Wassim, il peut bien se sentir mal depuis qu'il nous a envoyés ici sans oser nous rejoindre ! »

J'ai cru que j'avais mal entendu. « Répète ! » ai-je dit. Il y avait des serpents dans la voix de Wassim, j'ai senti qu'il était haineux. « C'est lui et ses copains barbus qui nous ont mis toutes ces idées en tête à Othmane et à moi. Lors des repas que nous distribuions aux pauvres durant l'hiver. Ils nous ont appris les vraies valeurs de l'islam et Youssef devait nous accompagner, mais, au dernier moment, ses potes ont dit qu'il valait mieux qu'il reste en France, qu'il était discret, la taupe idéale, le recruteur. Il parle aux plus jeunes pendant les récrés, il forme les esprits. Nous avons trouvé ça normal, il nous rejoindrait plus tard, mais, depuis qu'on est ici, plus un texto, plus une réponse. Mon chef a dit que c'était normal pour que la police n'établisse aucun lien, mais Youssef, c'est un lâche, il ne sait pas ce que c'est la guerre. Allah akbar ! »

Ce n'était plus mon Wawa, c'était un autre. Ils avaient dû le droguer ou les horreurs qu'il voyait là-bas le rendaient fou. J'étais sonnée. Je n'ai pas pu lui répondre, mais lui, il était lancé et il m'a rabâché les oreilles avec les conneries qu'on doit lui fourrer dans le cerveau à longueur de journée. « Nous vaincrons. Hier, ces lâches nous ont bombardés et ont tué mes frères, quinze morts. J'ai eu de la chance, car je n'oublie pas ma promesse de t'envoyer des fleurs de Damas, des roses rouge sang pour que tu comprennes mieux mon sacrifice et si je meurs avant, je te les enverrai du paradis là où elles sont encore plus pourpres. Rejoins-moi ! La vraie vie est ici. Tu stresseras pour Dieu, pas pour des examens de merde ! Tu vivras ! Je n'ai jamais connu ça. Allah est grand et je vais vers lui avec un cœur de brave. »

Cher Professeur, je pleurais. Je l'écoutais en silence et je pleurais et, maintenant que je vous écris, je pleure encore. J'ai perdu mon Wawa, je ne connais pas cet étranger qui éructe des propos dingues à l'autre bout du téléphone. Wassim né en France, éduqué en France, imprégné par les valeurs de la France, est devenu un fou de Dieu. Je suis musulmane, mais je ne me reconnais pas dans son Dieu à lui. Il s'excitait de plus en plus en me parlant, comme si chaque mot jetait du piment sur les autres. C'est horrible, cher Professeur, horrible, je ne voulais plus entendre ce mec-là, c'est horrible : j'ai raccroché. J'ai appuyé en pleurant sur la touche rouge de mon portable et la voix de Wassim s'est tue. J'ai balancé mon téléphone contre le mur et, en pleurant plus fort encore, j'ai caché ma tête sous mon oreiller. Je n'ai jamais autant voulu mourir qu'à cet instant-là mais, finalement, la vie nous joue des tours : j'étais si épuisée nerveusement que je me suis endormie. Je me suis réveillée six heures plus tard et je vous écris.

Dois-je aller à la police pour parler de Youssef ? Je le déteste ! C'est à cause de lui que tout a commencé. Je comprends qu'il perde la tête et qu'il cherche à se faire pardonner sur son lit d'hôpital. S'il demande le pardon, c'est que son cœur s'est retourné et que les intégristes n'ont pas gagné. Je veux croire en cela, je veux croire et je crois en l'islam d'amour dont nous parle votre collègue d'histoire, je veux croire en un monde où les méchants retrouvent la voie du cœur.

Myriam

***

Myriam est arrivée à l'école avec une tête de cadavre. Elle qui fait si attention à sa personne – chaussures assorties à sa jupe, foulard qui va avec, boucles d'oreilles de la même couleur – n'était même pas coiffée. Au début du cours de français, elle a remis une lettre au prof. Ce n'est pas la première fois qu'elle lui écrit et plusieurs se demandent ce qu'elle peut bien lui raconter. Pauvre Bébé Cougnou ! Si nous nous y mettions tous, il ne saurait plus où donner de la tête.

Pas un mot, pas un regard. Myriam râlait sec ou bien elle allait très mal. Elle a vécu dans un silence monacal jusqu'à la récré et, là, soudain, elle a explosé. À cause de Mohamed qui n'a pas compris pourquoi un tel orage, avec foudre et éclairs, lui tombait sur la tête. Il venait de parler de Youssef, avait dit : « Il semble aller mieux. Il a demandé un Coran pour prier. Au moins il a dit quelque chose ! » C'est là que Myriam a explosé et lui a hurlé à la tête que c'était tous les Corans du monde dont il aurait besoin pour se racheter, car c'était lui qui avait envoyé Wassim et Othmane en Syrie tout en demeurant planqué ici, lui qui était la cause de toutes les misères que nous vivions, la cause du malheur de deux familles et de la mort sans doute prochaine de nos amis, de SES amis.

Mohamed avait les yeux d'Omer Simpson quand il se réveille. Deux ronds de donuts sortis du four. Il a regardé Myriam, a murmuré : « Je ne comprends rien à ce que tu racontes », mais elle l'a saisi par la chemise, a rapproché son visage du sien et lui a craché (avec les postillons, c'était du réel !) que Wassim lui avait téléphoné cette nuit pour lui dire que Youssef était recruteur pour les intégristes, que c'était lui qui leur avait bourré le crâne en leur promettant d'aller se battre avec eux là-bas.

Nous étions rassemblés autour d'eux, en demi-cercle et les surveillants ont cru à une bagarre. Ils sont arrivés et nous ont dispersés, mais ils ont dû élever la voix pour que Myriam, dans une colère rouge, lâche la malheureuse chemise de Mohamed qui n'avait encore rien trouvé à lui répondre.

C'est à ce moment que le prof de français a surgi. Il avait son ton calme et doux. Il a posé la main sur l'épaule de Myriam, lui a dit : « J'ai lu ta lettre. Viens, il faut que nous parlions. » Elle a tourné la tête vers lui et ses yeux se sont remplis de larmes. Elle a poussé un gros soupir mais l'a suivi sans rechigner.

Les commentaires se sont élevés tout de suite après son départ. Ça partait dans tous les sens, mais nous semblions enfin avoir un fil qui nous permettait de mieux comprendre l'histoire. Youssef, recruteur ? Ça expliquerait son malaise lorsqu'il a appris qu'Othmane était salement blessé. Virginie a dit : « On voudrait que la vie soit lisse, mais qu'est-ce qu'elle est accidentée. » La philosophe de service ! Elle avait raison. Qu'est-ce qui allait encore nous tomber sur la tête ?

***

J'ai demandé à Myriam si elle était d'accord de m'accompagner chez le directeur pour lui apprendre ce que Wassim lui avait dit. Elle n'a pas hésité : « J'ai réfléchi depuis que je vous ai écrit. Je ne peux pas garder ça pour moi, je suis trop choquée. » J'ai ajouté que ça l'amènerait à revoir la police. Elle a souri. « Pas grave. Je les connais. Ils savent que Wassim me téléphone. J'imagine que la NSA écoute nos conversations. »

Le directeur était en réunion, mais il en a laissé le gouvernail à son adjoint lorsque la secrétaire lui a appris que nous voulions lui parler. Ensuite, tout est allé très vite. Les inspecteurs sont arrivés dans l'heure au collège et ils ont écouté attentivement Myriam avant de lui demander de préciser certains points. Elle était épuisée. « Vous savez, je n'entendais même plus ce que Wassim me racontait. Je pleurais. » Ils l'ont remerciée et ont dit que c'était à leur tour de nous donner quelques explications.

Le plus grand d'entre eux s'est tourné vers Myriam, lui a rappelé qu'il lui avait posé des questions à propos de Youssef lorsqu'ils étaient passés chez elle, a dit qu'ils suivaient cette piste depuis plusieurs semaines, qu'elle ne devait pas se culpabiliser de l'avoir dénoncé, que, déjà, ils avaient de nombreux soupçons sur lui. Et des preuves. Des échanges de mails entre Youssef et des intégristes militants connus des services de police. On y parlait de nouvelles recrues sans préciser rien de plus. « Nous avons interrogé ses parents qui sont de braves gens et qui sont aussi perdus que toi. Ils ne comprennent pas ce qui arrive à leur fils. Sa mère a profité de son séjour à l'hôpital pour fouiller sa chambre. C'est elle qui nous a appelés. Hier après-midi. Elle a découvert de faux passeports sous son matelas, des enveloppes contenant de l'argent, plus de cinq mille euros, les islamistes devaient se servir de sa chambre d'ado comme planque. Elle nous a aussi remis un cahier qui contient le journal de ton camarade de classe. Trois mois d'horreur. Je l'ai lu cette nuit. Il décrit la descente aux enfers, le lavage de cerveau de ce garçon trop calme. Ces gens l'ont culpabilisé, l'ont emmailloté dans des croyances d'un autre âge, se sont servis de sa fragilité pour le transformer et l'isoler. Youssef n'est pas un salaud comme tu viens de le dire, Myriam : il est une victime comme tes amis Wassim et Othmane. Il demande pardon pour ce qu'il a fait. Il faudra le soutenir quand il pourra rejoindre votre classe. Autre chose, Myriam, une bonne nouvelle qui va te réconforter : la mère d'Othmane vient de nous appeler. Ce n'est pas lui qui a été blessé : il lui a téléphoné cette nuit, on lui a volé son argent et ses papiers. Une confusion, sans doute. C'est le chaos là-bas. »

Le flic s'est tu. Un silence a régné dans la pièce. La dernière nouvelle me donnait envie de crier de joie. Des larmes coulaient silencieusement sur le visage de Myriam. Elle nous a dévisagés, un à un et, en nous regardant dans les yeux, elle a dit : « Je ne veux pas perdre l'espoir, je crois que Wassim me reviendra avec des fleurs de Damas. Vivant, aimant. Je crois qu'Othmane aussi nous rejoindra. Mais, je vous en veux, je vous en veux tellement. C'est vous, les adultes, qui lancez les guerres. On devrait vous punir d'y entraîner des enfants. »

Achevé d'imprimer en Belgique
sur les presses de Snel
www.snel.be